Die Seerose im Speisesaal

Das Buch

Es gibt keine zweite, die so ist wie sie. Schöner als alle anderen, geheimnisvoller, leuchtender, melancholischer. Voll von Geschichte und Geschichten. Mit der Neugier des Fremden, der dennoch längst zu ihr gehört, entdeckt Ulrich Tukur in Venedig das Außerordentliche im Alltäglichen. Plötzlich offenbaren sich in der historischen Kulisse wie selbstverständlich die absonderlichsten Dinge. Da befindet sich am deutschen Konsulat ein Klingelschild, das an ein berühmtes Gesicht mit Schnauzbart erinnert – und damit zugleich an die faschistische Vergangenheit Italiens und einen anderen deutsch-italienischen Flirt, der sich zu jener Zeit in Venedig zugetragen haben soll. Oder es herrscht wieder mal Hochwasser in der Lagune, auf dem der Autor sich durch die Jahrhunderte treiben läßt, dabei auf seine eigene Familie stößt und schließlich selbst vor Anker geht.

»Ach, wenn Ulrich Tukur sich doch nur entschließen könnte, weiterzuschreiben: Das wären schöne Aussichten.«
NDR Kultur

Der Autor

Ulrich Tukur, 1957 in Viernheim geboren, studierte Germanistik, Anglistik und Geschichte, bevor er an die Staatliche Schauspielschule Stuttgart ging. Noch zu Studienzeiten spielte er in Michael Verhoevens Film *Die weiße Rose,* später wurde das Deutsche Schauspielhaus in Hamburg unter der Leitung von Peter Zadek zu seiner künstlerischen Heimat. Tukur bevorzugt die abgründigen, zerrissenen Figuren, er brillierte als Andreas Baader ebenso wie als Hamlet, Jedermann oder Bonhoeffer und zuletzt als Stasioffizier Anton Grubitz in dem mit einem Oscar ausgezeichneten Film *Das Leben der Anderen.* Ulrich Tukur, der für seine Arbeit zahlreiche Preise erhielt, lebt mit seiner Frau, der Fotografin Katharina John, in Venedig.

Ulrich Tukur

Die Seerose im Speisesaal

Venezianische Geschichten

List Taschenbuch

Besuchen Sie uns im Internet:
www.list-taschenbuch.de

Ungekürzte Ausgabe im List Taschenbuch
List ist ein Verlag der Ullstein Buchverlage GmbH, Berlin
1. Auflage Oktober 2008
4. Auflage 2011
© Ullstein Buchverlage GmbH, Berlin 2007 / claassen Verlag
Agentur: Montasser Media
© der Photographien: Katharina John
Umschlaggestaltung und Konzeption: RME, Roland Eschlbeck
und Kornelia Rumberg
Titelabbildung: Katharina John
Satz: LVD GmbH, Berlin
Gesetzt aus der Garamond
Papier: Munkenprint von Arctic Paper Munkedals AB, Schweden
Druck und Bindearbeiten: CPI – Clausen & Bosse, Leck
Printed in Germany
ISBN 978-3-548-60839-6

Meinen Eltern

»Una bugia è una bugia, cento bugie sono mezza verità«

Loredan

Inhalt

VORWORT

———— ❧ ————

Unendlich viel ist über Venedig geschrieben worden und, nebenbei bemerkt, auch unendlich oft, daß unendlich viel über Venedig geschrieben worden ist. Versänke die schönste aller Städte nicht ohnehin in der Lagune, so würde sie schon so von den Myriaden Worten, die sie darzustellen und zu beschreiben suchen, langsam unter Wasser gedrückt und fortgespült.

Dies ist kein Buch über Venedig, es ist ein Buch, das nur in Venedig hat entstehen können. Zwar taucht die Stadt in jeder der folgenden Geschichten auf, aber sie spielt nicht die Hauptrolle, ist vielmehr Kulisse für denkwürdige und bedeutungslose Auftritte, vor allem aber Knotenpunkt, an dem vieles auf sonderbare Weise zusammenläuft, was scheinbar nichts miteinander zu tun hat.

Venedig ist eine Bühne, auf der zahllose Akteure standen, manche haben Spuren hinterlassen, andere werden erst sichtbar, wenn man die Staubschicht abträgt, die die Zeit auf jedes abgespielte Stück legt.

Und so ist es, ohne daß ich es beabsichtigte, auch ein Buch über den Tod geworden. Ich habe ihn in dieser Stadt oft beobachtet, hier fühlt er sich wohl, er versteckt sich nicht und hat auf San Michele die schönste Heimstatt, die man sich denken kann. Und da er so entspannt durch die düsteren Gassen und über die lichten Plätze wandelt, zeigt er sich – auch wenn er nicht wirklich Humor hat – hin und wieder von seiner komischen Seite.

Maria, die Gemüsehändlerin, zum Beispiel, deren Laden gleich um die Ecke lag und die ihre beiden Kinder sinnigerweise Rosa und Marino getauft hatte, war eines Abends beim Spazierengehen ohnmächtig geworden, mitsamt ihrem Hund in den Kanal gefallen und ertrunken. Ihr Herz war nicht mehr das allerbeste gewesen, und weil sie überdies auch noch schlecht sah und die Brille im Laden vergessen hatte, war ihr ein falsches Medikament in die Hände geraten und hatte ihrem Leben ein überraschendes Ende gesetzt. Ihr Hund, der das Aussehen einer überdimensionalen Blutwurst besaß, aber schwimmen konnte wie ein Fisch, soll so lange gebellt und geheult haben, bis ein Herr in einem weißen Anzug erschien, der ohne zu zögern ins Wasser sprang und ebenfalls ertrank. Zwei Tage später hing ein Anschlag mit ihrem Bild an der Vaporettostation, auf dem Ehemann, Kinder und Angehörige ihrer Erschütterung und tiefen Trauer Ausdruck verliehen und zur Begräbnisfeier in die Redentore-Kirche luden.

Oder der immer betrunkene Lamberto, von dem K. ganz aufgeregt berichtete, er stünde direkt unter unserer Wohnung am Kanal, diskutiere mit den Möwen und schwanke geradezu furchterregend hin und her. Ich versicherte ihr, daß Betrunkene selten stürzten, und wenn, dann hätten sie stets das Talent, sich nicht zu verletzen, ja nicht einmal weh zu tun. Als ich kurze Zeit später zufällig aus dem Fenster sah, herrschte draußen hektische Betriebsamkeit. Eine Krankenbarkasse hatte am Kai festgemacht, und zwei Boote der Carabinieri kreuzten mit Blaulichtern auf dem Kanal. Menschen liefen wild gestikulierend die Uferpromenade entlang oder gafften mit of-

fenem Mund auf das Wasser. Lamberto war doch hinein-
gefallen, und da es winterlich kalt war, auf der Stelle einem
Herzschlag erlegen und untergegangen. Einige Tage später brachte auch seine Familie eine Nachricht an der Haltestation an, daß man in der Eufemia-Kirche für seine
arme Seele bitten wolle. Derlei Dinge habe ich hier immer
wieder erlebt, sie spielen sich nicht im Verborgenen ab, sie
sind sichtbar und alltäglich; es ist, als risse der Henkel
einer Einkaufstüte und ihr gesamter Inhalt purzele aufs
Straßenpflaster.

In den folgenden Geschichten wird Seltsames geschehen, einiges mag übertrieben, ja phantastisch erscheinen,
aber so wahr es eine Stadt gibt, die wie eine losgerissene
Blüte im Meer treibt, so wahr hat sich auch alles abge-
spielt. So oder so ähnlich.

DAS LETZTE ZUERST

Daß ich am 19. November eines unnatürlichen und viel zu frühen Todes gestorben bin, verdanke ich einer banalen chemischen Reaktion. Ich hatte in der ersten Novemberwoche mit Hilfe zweier junger Männer aus dem toskanischen Bergdorf M., in dem ich mir Jahre zuvor einen bereits in den neunzehnhundertfünfziger Jahren verlassenen und völlig heruntergekommenen Bauernhof gekauft hatte, meinen ersten eigenen Wein von den noch jungen Rebstöcken gelesen und nach seiner Pressung auf siebzehn Eichenholzfässer gefüllt. Die Fässer lagerten in einem restaurierten Keller, der über eine lange, steil nach unten führende Steintreppe zu erreichen war. Das Gewölbe selbst war eng und feucht, besaß aber für die Entwicklung und Lagerung des Weines die richtige, konstante Temperatur. Daß ich es geschafft hatte, auf schwierigem Terrain und in fast eintausend Meter Höhe einen kleinen Weinberg anzulegen, ihn mit Rebstöcken einer resistenten Weißweinsorte zu bepflanzen, die ich mir aus Südtirol hatte kommen lassen, daß vier Jahre später die ersten Trauben schwer und golden zwischen den Blättern hingen und der Herbst mir in jeder Weise zuarbeitete, erfüllte mich mit einer Freude, die ich nie zuvor so intensiv erlebt habe. Ich hatte keine wirkliche Kenntnis, wie der Rebensaft genau zu behandeln sei, damit sich in den Fässern ein Wein entwickle, der mir nicht gleich ein Loch in den Magen schlüge. Es gab so viel verwirrende Informationen in den Fachbüchern, die ich zu Rate zog, daß ich am Ende hilflos dastand und beschloß, meinem jungen Freund Enrico Gehör zu schenken, der mir empfahl, es wie die Bauern der Umgebung zu tun: Ich ließ die Fässer einfach offen, um sie nach Abschluß der Gärung mit einem Holzkeil zu verschließen.

Nach M. war ich durch die Vermittlung des englischen Malers G. gekommen, der mein Nachbar auf der Giudecca war und wie ich unter den heißen, unendlich schwülen Sommern Venedigs litt. Er hatte eine Amerikanerin aus Seattle geheiratet, die drei Galerien in der Stadt betrieb; allesamt kosteten sie weit mehr, als sie einbrachten, und er war daher dazu verdammt, seine artistische Produktion auf einer gewissen quantitativen Höhe zu halten. Seine Frau war amüsant, wild und verschwenderisch, und in dem Maße, in dem sie die Szene beherrschte, verstummte er und ließ nur noch einige wenige bissige Sätze von sich hören, die stets einen gewissen Unterhaltungswert besaßen. Seine Hochzeit, so erzählte er mir, hätte er nur ertragen, weil sie ihm die seltene Gelegenheit geboten habe, möglichst viele Menschen auf einen Schlag zu beleidigen.

G. führte mich in die Gesellschaft von M. ein, eine noch weitgehend intakte Dorfgemeinschaft, die sich dadurch auszeichnete, daß die jungen Männer bis zum Alter von vierzig Jahren ihre Kinderzimmer bewohnten und das soziale Leben sich im Spannungsfeld zweier Bars abspielte, der »Bar Italia« und der direkt neben der Kirche befindlichen »Bar Misericordia«, der Bar zur Barmherzigkeit, in der ebenso erbarmungslos getrunken wurde. Einmal am Tag zog man von einem Etablissement zum anderen, eine beachtliche körperliche Leistung, der bis zur Einnahme der nächsten Mahlzeit keine weitere folgte.

An jedem Wochenende im Sommer fand ein Fest statt zu Ehren der Wildschweine oder der heimatlichen Küche, des Weines, der Kartoffel-Tortelloni oder des Brotes, und in Ermangelung anderer Gründe sogar des Bieres.

Eine elektrisch bis an die Grenzen des Erträglichen verstärkte Kapelle spielte zum Tanz auf, und das ganze Dorf schwofte zu den traditionellen Liedern des »Ballo liscio«. Am Ende der Nacht lag sich der harte Kern unverwüstlicher Zecher in den Armen, brüllte »Firenze dorme«, und Florenz konnte nur froh sein, daß es weit genug entfernt lag.

M. hatte um die Jahrhundertwende eine touristische Glanzzeit erlebt, reiche Florentiner und Adlige aus Prato und Pistoia hatten sich Villen und Schlößchen gebaut, um die herrliche Landschaft des Apennin, die gute Luft und die sommerlich kühlen Temperaturen zu genießen, Hotels entstanden, im Winter konnte man sogar Ski laufen, das Land war kultiviert und strahlte im Licht einer sanften, geordneten Epoche. Nach dem Zweiten Weltkrieg ging es hier wie andernorts bergab, die Bauern verließen ihre Höfe, um in den Tuchfabriken von Prato Arbeit zu finden, die Felder, Wiesen und Weiden verwilderten, und die Hotels verschwanden bis auf einige wenige.

Hier lagerte also in einem Weinkeller in fast eintausend Meter Höhe mein ganzer Stolz, eingeschlossen in siebzehn Fässer aus französischer Eiche, dreitausendachthundertundfünfundzwanzig Liter Traubenmost, die sich anschickten, mir die größte Überraschung meines Lebens zu bereiten.

Bei der Gärung des Mostes, die selbständig und bald nach Einfüllen der Fässer einsetzt, wird der enthaltene Traubenzucker in Alkohol umgewandelt, ein gottgefälliger Vorgang, der mir naturwissenschaftlichem Kretin als einzige aller Stoffumwandlungen schon in der Schule eingeleuchtet hatte. Jeden Tag stieg ich mit einer Kerze hinunter in den Keller und legte mein Ohr an die Öffnungen der Fässer, denen ich allen einen Eigennamen gegeben hatte. Fiorenzo sprudelte und erzählte mir Geschichten vom harten Leben der Bauern, die hier oben im Schweiße ihres Angesichts dem kargen Boden entrissen hatten, was er nur hergeben konnte. Federico flüsterte von den Vollmondnächten und den Bergen, die wie hingelagerte Riesen träumend zusahen, wenn unter den mächtigen Buchen des Vorplatzes und im Licht der Fackeln zur Musik einer Handharmonika gesungen und getanzt wurde. Fatima zischelte von den Mädchen, die im Gestrüpp der Holunderbäume ihre Unschuld hingegeben hatten, zu einer Zeit, als der Hof schon lange verlassen und einsam dalag. Jedes Faß hatte eine Geschichte zu erzählen, und ich hielt mich Stunden bei meinen Freunden auf, und nie wurde mir die Zeit zu lang.

Am 19. November um die Mittagszeit setzte ein Schneesturm ein, und die Temperaturen erreichten einen Tiefpunkt, der für diese Region und Jahreszeit untypisch war. Am selben Abend stieg ich noch einmal in den Keller hinunter, um mich für einige Zeit zu verabschieden, denn ich mußte nach Venedig zurück. Ich schloß die schwere Holztür hinter mir, um zu verhindern, daß die kalte Luft hinunterzog und den Aufenthalt zu ungemütlich werden ließ. Es war schon fast Mitternacht, ich hatte einigen Rotwein vor dem Kamin getrunken und war ein wenig müde. Im Keller war es nicht kälter als sonst, und ich stellte die Kerze auf einen Hocker, der neben Francesca stand. Mit einem Gummischlauch zog ich etwas Wein aus Fabricios Bauch und fand ihn gar nicht schlecht, deutlich besser als zwei Tage zuvor, aber immer noch moussierend und zu süß. Ich saß in dem bequemen Lehnstuhl, den mir Enricos Vater Dino zum Geburtstag geschenkt hatte, und erlebte einen dieser seltenen Momente, in denen man fühlt, daß man glücklich ist.

Mir war warm, droben vor der Tür tobte der Schneesturm, aber hier unten war es nur ein leises, beruhigendes Geräusch. Ich trank ein paar Gläser des noch gärenden, unfertigen Weines, der mir aber von allen auf der Welt einmal am besten schmecken würde, spürte den sanften Aufruhr im Magen, ließ meinen Blick liebevoll über die im Schatten schwebenden Weinfässer gleiten: Fabbro, Fiorenzo, Faunia, Federico, Francesca, Fausto, Ferrucio, Fiona, Felice, Fabricio … und muß irgendwann eingeschlafen sein. Ich bemerkte nicht, daß die Kerze auf einmal erlosch, und ich ahnte auch nichts von der Existenz des Kohlendioxyds, eines Gases, das unmerklich den Faßöffnungen entwich, zu Boden sank und allmählich den Sauerstoff in dem engen, abgeschlossenen Gewölbe verdrängte.

Drei Tage später entdeckte mich K., die nach M. gefahren war, um nach mir zu suchen, in derselben sitzenden Position. Das Wetter war umgeschlagen, und wie ein meteorologischer Hohn spannte sich ein tiefblauer Himmel über die verschneiten Berge des Apennin. Sie funkelten im Licht einer verfrühten Wintersonne, schwerelos, als wären es Wolken, die am Boden ruhten, um sich im nächsten Augenblick wieder zu erheben und davonzuschweben. Nach dem ersten Schrecken, rief K. Enrico an, der fast zwei Stunden brauchte, bis er sich durch den Schnee hindurchgekämpft hatte. Beim Versuch, mich die steile Kellertreppe hinaufzuwuchten, kugelte er sich die linke Schulter aus, ließ mich los, ich stürzte zurück ins Dunkel und prallte mit dem Kopf gegen Fiorenzo, der einen dumpfen Ton von sich gab und glucksend protestierte. Wenig später aber hoben sie mich auf einen alten Schlitten, der sich im Stall fand, und zogen mich zum Grab des Jägers Giancarlo Chiaramonti, das fünfzig Meter unterhalb des Hofes zwischen zwei kahlen Kirschbäumen lag. Chiaramonti, der Enkel einer florentinischen Schauspielerlegende, war am 29. September 1990 auf einer Treibjagd von seinem Cousin in unübersichtlichem Gelände für ein Wildschwein gehalten und von unzähligen Schrotkugeln durchlöchert worden.

In weiser Voraussicht hatte ich meine Frau vor einiger Zeit wissen lassen, daß ich, wenn überhaupt, nur hier oben begraben sein wollte, neben dem mir unbekannten Jäger, der, wie ich jetzt feststellte, ein wirklich netter Kerl war. Um nichts auf der Welt wollte ich nach dem Ende dieses Menschentheaters noch etwas mit irdischen Administrationen zu tun haben.

Im Schweiße ihres Angesichts hoben die beiden am frühen Nachmittag ein Grab aus, der Boden war gefroren, und tief kamen sie nicht. Schließlich lag ich, eingewickelt in eine Kamelhaardecke, in einem ein Meter tiefen Erdloch, K. weinte und sang Hans Albers' Lied vom wehenden Wind, dessen Text sie nicht beherrschte. Enrico schmetterte »Firenze dorme« ergreifend falsch, dann nahmen sie die Schaufeln, und es wurde dunkel. Am nächsten Tag stattete K. den Carabinieri in V. einen Besuch ab und gab eine Vermißtenanzeige auf.

Im darauffolgenden Frühjahr, der Besenginster trug schon die ersten sattgelben Blüten, lag ein Menschenarm auf dem Abhang vorm Hof, und da ein goldener Ring mit einem eingelassenen Rubin an einem der Fingerknochen steckte, hätte es aller Welt klar sein können, daß es sich hier um meinen rechten Arm handelte. Ein pietätloses Wildschwein oder vielleicht ein Fuchs hatte ihn aus dem viel zu flachen Grab gezerrt, die noch verwertbaren Reste abgenagt und schließlich liegenlassen. Kein Wanderer oder Jäger kam vorbei, um einen grausigen Fund zu machen, wenig später krochen Gräser und Schlingpflanzen darüber, und so hatte ich Glück, daß der Schwindel nicht aufflog und meine Ruhe neben Giancarlo andauert, bis auch der letzte Leser dieser Zeilen das Zeitliche segnet.

Der lange Weg in die Lagune

Glückliche Tage

Doktor Hunger-Fuchs zog mich am rechten Arm aus dem Bauch meiner völlig entkräfteten Mutter. Sie hatte die ganze Nacht gekämpft und gelitten, da ich aber nicht die geringste Lust zeigte, das Licht der Welt zu erblicken, reifte der ärztliche Entschluß, mich mittels eines Kaiserschnitts vor vollendete Tatsachen zu stellen. Es war der 29. Juli 1957, ein Sonntag. Das kleine Städtchen am Rande der hessischen Bergstraße glühte unter der erbarmungslosen Sonne eines irrwitzigen Sommers. Die flachen, geteerten Dächer der nach den Kriegseinwirkungen wiederhergestellten Häuser erhitzen sich, bis sie Blasen warfen und die Feuerwehr ausrückte, um mit Löschwasser zu verhindern, daß sie in Flammen aufgingen. Sechseinhalb Jahre später, im Winter 1963, brachen mein Vater und ich im Eis der Weser ein, als wir Hand in Hand den zugefrorenen Fluß zu überqueren suchten, und überlebten um Haaresbreite. Wir wohnten jetzt in einer kleinen westfälischen Gemeinde, die zum Landkreis Minden gehörte. Ich wurde eingeschult, schrieb als erstes das Wort »Wasser« an die Tafel und brach mir beim Überspringen eines Turnbocks die Nase. Abermals zogen wir um, diesmal in ein Dorf am Rande des Spessart, wo ein Leben begann, das aus Sonne, Schwimmen, Angeln, Fußball und Baumbuden bestand. Ich spielte in den Überresten eines römischen Wachturms, der Teil des Limes gewesen war, und verliebte mich in ein Mädchen aus der Volksschule.

Am Vormittag des 30. Juli 1966 – das ganze Dorf fieberte der großen anglo-germanischen Fußballschlacht in Wembley entgegen – stand ein betagter Herr in einem abgegriffenen, altertümlichen Anzug vor unserer Haustür und zog lächelnd den Hut. Die Pappeln hinter ihm auf der anderen Straßenseite leuchteten vor dem Blau eines unwirklichen Sommerhimmels, und ihre Blätter rauschten und glitzerten wie ein Wasserfall. Es war mein Großvater, der aus diesem Gemälde heraus in den dunklen Hausflur trat. Er war unangemeldet und also völlig überraschend aus Sardinien gekommen, um ein einziges Mal seinen Sohn in Deutschland zu besuchen. Später stand ich stolz neben ihm im Wohnzimmer, und da er Kunstmaler und im Ersten Weltkrieg Seeoffizier gewesen war, zeichnete er mir ein mit vielen Wimpeln beflaggtes Unterseeboot auf ein Stück Papier, und ich hörte ihn von Italien erzählen, jenem geheimnisvollen Land südlich der schneebedeckten Alpen, in dem er sein Leben verbracht hatte.

Aus dem humanistischen Gymnasium in Aschaffenburg, in das mich die Eltern 1967, dem Jahr der Festsetzung des Kirmesmörders Jürgen Bartsch, geschickt hatten, wurde ich wegen Unvermögens und bemerkenswerter Unreife relegiert und landete ein halbes Jahr später, in welchem mich die Mutter vor den Behörden des Landkreises versteckt hielt, auf einer Klosterschule des Franziskanerordens, wo meine heimliche Leidenschaft für den Katholizismus ihren Anfang nahm. Der Direktor des Instituts nannte sich Pater Leodegar, was auf deutsch soviel bedeutet wie »Löwe vom Bahnhof«, und eines Tages entdeckte ich am Bahndamm hinter unserem Haus die Leiche eines amerikanischen Soldaten, der betrunken aus einem fahrenden Zug gestürzt und gegen einen abgestellten Güterwaggon geprallt war. Ich steckte eine knochentrockene Sommerwiese in Brand, was zwei Heuschober vernichtete, bezog Ohrfeigen von meiner Klavierlehrerin, einem ältlichen Fräulein, das mich für widerspenstig und abgrundtief faul hielt, zog einen fünfzig Pfund schweren Hecht (der in Wahrheit immerhin fünfzehn Kilo wog) aus dem Dorfsee, in welchem ein Klassenkamerad kurz zuvor ertrunken war, und wieder packten meine Eltern ihre Sachen, um sich in einem kleinen niedersächsischen Bauerndorf südlich von Celle anzusiedeln. Die niedersächsische Tristesse setzte mir zu, und jenseits der Tatsache, daß ich an einem düsteren Herbstabend die gestorbene Bäuerin eines zum Abbruch vorbereiteten Bauernhofes durch ein zerbrochenes Fenster in ihrer leeren Wohnstube beobachtete, geschah nichts wirklich Erwähnenswertes.

Mein Onkel P. lebte ganz in der Nähe, er war emeritierter Mathematik-Professor der Hannoverschen Universität, von kräftiger, untersetzter Statur und bewohnte ein Haus, das in einem verwahrlosten Waldstück stand und, den Gesetzen der Schwerkraft folgend, von oben nach unten gebaut war. Zuerst hatte er, aus welchen Gründen auch immer, das Dach errichtet und nur das darunterliegende obere Stockwerk ausgebaut. Dort lebte er viele Jahre mit seiner filigranen und ewig hüstelnden Gattin, meiner liebenswerten Tante H., während im Unterstock die Pilze wuchsen und ein zerzauster, grauer Hund, an einen der Trägerbalken angekettet, die Holzleiter bewachte, die nach oben führte. Dieser Hund hatte gelbe Augen und hieß Cerberus.

Zu der Zeit, als wir dort anlangten, war der Unterstock fast fertig, jedoch ziemlich schief und ganz und gar nicht im Einklang mit dem bereits Entstandenen, aber was machte es schon, denn auch der begnadetste Baumeister hätte dieser verschrobenen Konstruktion keine einleuchtende Form mehr geben können. Der Wind pfiff durch die Fensterritzen, die Türen und Dielen quietschten, die Wände ächzten, aber von irgendwoher kam etwas Wärme, die alte Stehlampe brannte, und meine Tante lag frierend, in eine Decke gehüllt, auf dem Sofa und betrachtete liebevoll ihren Gemahl, der an einem abgespielten Bechstein-Flügel saß und mit bemerkenswerter Virtuosität und Geschwindigkeit in den schwarzen und weißen Tasten herumwühlte. Sein Paradestück war »Happy days are here again«, ein Schlager, der Franklin Delano Roosevelt 1932 ins Weiße Haus katapultiert hatte. Dutzende Male war er auf Schallplatte festgehalten worden, aber die beste und druckvollste aller Einspielungen war die des Orchesters von Jack Hylton, der die englische und internationale Tanzmusik in den zwanziger und dreißiger Jahren wie kein anderer beherrschte. Als junger Mathematikstudent hatte mein Onkel im Kuppelsaal der Stadthalle Hannover Jack Hylton bewundert, der mit einem Orchester von fast dreißig Musikern und viel englischem Humor eine virtuose, hinreißende Show bot.

Draußen stand die Nacht an den undichten Fenstern, und wir tranken Bowle, in der eingefallene, graue Erdbeeren schwammen. Mein Onkel erzählte und erzählte, wobei sein schlecht verankertes Gebiß die originellen Ausführungen klappernd kommentierte. Schließlich riß er es entnervt heraus, stand auf, setzte seinen alten Telefunken-plattenspieler vom Typ »Romanze« in Gang, und als das Katzenauge durch das dunkle, zugige Zimmer glühte, erklang Hyltons »High and low«. Die Arme hinterm Kopf verschränkt, lauschte er verzückt der Musik und der eleganten Stimme Sam Brownes, während Cerberus draußen mit dem Nachtwind um die Wette heulte.

1975 ergatterte ich ein Stipendium an einer amerikanischen Oberschule und flog nach Boston, wo ich ein Jahr bei einer aus Süditalien eingewanderten Gastfamilie lebte. Mr. Temporale war Coiffeur, frisierte widerwillig ältere protestantische Damen, war fanatisch religiös, was ihn nicht daran hinderte, eine Affäre mit einer bedeutend jüngeren Mitarbeiterin zu unterhalten, während seine nichtsahnende, fabelhaft kochende Frau die Familie zusammenzuhalten suchte, auf die die Zentrifugalkraft eines nicht zu übersehenden Generationenkonflikts einwirkte. Beide Söhne trugen schulterlange Haare, lebten von dem, was ihr Hanfgärtchen hergab, und sprachen kein Wort mit den Eltern; die Tochter hatte einen ungeheuren Busen und war für mich bestimmt. Es war ein wunderbares, lebendiges Jahr, dessen Temperatur jäh abstürzte, als ich mich in eine stupsnasige, sommersprossenübersäte Klassenkameradin irischer Abstammung verliebte, die ich Jahre später heiratete, was zur Geburt zweier Töchter führte, die wir Lilli und Marlene nannten.

Bevor ich aber als Ehemann und Familienvater kläglich scheiterte, legte ich mit Hilfe des Sohnes meines Latein-lehrers ein Abitur hin, das mit dem schlechtestmöglichen Notendurchschnitt von 3,7 Gegenstand allgemeiner Be-

wunderung war, und trat meinen Wehrdienst an. Ich wurde
ins Bundessprachenamt nach Köln-Hürth abkomman-
diert, absolvierte einen pädagogischen Kurzlehrgang für
den militärischen Sprachunterricht, während der deutsche Arbeitgeberpräsident im nebenstehenden Gebäude
von Mitgliedern der Roten Armee Fraktion gefangenge-
halten und kurz darauf erschossen wurde. In den Mooren
nordwestlich Hamburgs saß ich meine Zeit als Englisch-
lehrer einer Luftwaffensprachschule ab und immatriku-
lierte mich 1977 an der Eberhard-Karls-Universität in Tü-
bingen für die Studiengänge Germanistik, Anglistik und
Geschichte. Nach vier Semestern war das Verhältnis zu
meiner akademischen Laufbahn zerrüttet, ich trank und
feierte tapfer dagegen an, und als wir schließlich ein ge-
glücktes, mit vielen Liedern ausgeschmücktes Tucholsky-
Referat vom Germanistikseminar der Universität auf den
Marktplatz der Stadt verlegten und dort für klingende
Münze veräußerten, entdeckte ich die Vorzüge der Straßenmusik, mit der mein Studienkollege Herr Mayer und
ich uns fortan trefflich über Wasser hielten.

In dieser Zeit unternahm ich lange Wanderungen auf
die Schwäbische Alb, deren stille Landschaft mich ma-
gisch anzog. Neben den vielen romantischen Relikten des
Mittelalters, den barocken Kirchen und verträumten Dör-
fern, waren mir immer wieder seltsame, rechteckige Ge-
bilde aufgefallen, die man hie und da in den Wäldern mit
bloßem Auge erkennen konnte: Rudimente keltischer
Druidenheiligtümer, die hier vor fast dreitausend Jahren
entstanden waren und in deren Nähe sich oft die impo-
santen Grabhügel keltischer Stammesfürsten befanden.
Ich lief ins Institut für Vor- und Frühgeschichte, las in der

einschlägigen Literatur nach, und plötzlich begann das Land sich zu beseelen, und ein ungeheures, längst dahingegangenes und vergessenes Leben hielt Einzug in die Wälder und Ebenen um mich. Im Frühling schlief ich in den Gräberfeldern bei Hundersingen in der vagen Hoffnung, ich könnte Raum und Zeit, diese beiden unerbittlichen Axiome, erweichen, sich ihrer Herrschaft für einen Augenblick zu begeben und mir ein Schlupfloch in die Vergangenheit zu gewähren. Ich fand, das waren sie meiner romantischen Geste schuldig, und nachdem es in der ersten Nacht ruhig geblieben war, bekam ich tatsächlich Besuch in der zweiten. Zuerst waren es tanzende Lichter im Wald, und ich glaubte schon, daß es Glühwürmchen seien, die in ihrer Paarungszeit wie unzählige Sternschnuppen die Dunkelheit durchschwärmen. Dann sah ich, daß es Fackeln waren, die sich schwankend näherten, und kaum hatte ich mich in meinem Schlafsack aufgerichtet, sprangen vier oder fünf Gestalten wie Raubtiere aus dem Dunkel, rissen mich empor und stießen und schleiften mich durch das Unterholz, daß mir die Zweige ins Gesicht peitschten und ich Todesängste litt. Nach einer kleinen Ewigkeit fand der Wald sein Ende, und da ich Landschaftsbeschreibungen liebe, breitete sich vor uns eine riesige, vom Mond beschienene Ebene aus, durch die sich die silberne Schlange eines Flusses wand, der fern am Horizont in den hellen Nachthimmel floß und sich in Myriaden funkelnder Lichtpunkte auflöste. Der Trupp verharrte eine Weile keuchend am Waldrand, ich hörte von fern Stimmen, rhythmisch geschlagene Trommeln, Hundegebell und sah auf dem Ausläufer eines mächtigen Hügels eine Stadt liegen, die von Mauern umgeben war, und ein großes Tor, vor dem ein gewaltiges Feuer loderte. Schatten sprangen vor den Flammen hin und her und bereiteten etwas vor, das nicht zu erkennen war, dazwischen die bewegten Silhouetten von Pferden und Hunden. Die Männer neben mir legten die Hände um den Mund und schrien etwas hinüber, als Antwort ertönte der dumpfe Ton eines Horns. Wir setzten uns wieder in Bewegung, und ich stolperte durch die feuchten Wiesen vorwärts, bis wir schließlich das Feuer erreichten, das einen riesigen Platz erhellte. Ich wurde losgelassen und starrte in die Augen einer schweigenden Menschenmenge, die aus Hunderten von Kriegern und einigen wenigen Frauen und Kindern bestand. Die Männer trugen grobe, von Messingspangen zusammengehaltene Gewänder, kurze Schwerter, die an Ledergürteln hingen, und hielten Speere in der Hand. Am entfernten Ende des Platzes befanden sich eine Art Brunnen oder Schacht, eine Hütte aus unbehauenen Baumstämmen und davor allerlei seltsame Gerätschaften. Daneben saßen Trommler und Hornbläser. Etwas abseits am Rande des Schattens aber stand ein hochgewachsener, weißhaariger Greis, der mich mit glühendem Blick fixierte und ein scharfes Kommando ausstieß. Ich wurde gepackt und zu seinen Füßen auf die Erde gezwungen. Die Musik setzte wieder ein, wilder und schneller, als ich es zuvor aus der Ferne gehört hatte, der alte Mann, der mir eine Art Priester schien, hob die Arme und begann laut und eindringlich zu singen, dann küßte er mich auf die Stirn, riß meinen Kopf nach hinten und stieß mir einen Dolch in den Hals. – »Nimm das und das, kannst du nicht sterben? So! So! Ha, zuckst du noch? Immer noch? Drück die Auge zu, fest zu! Bist du tot? Tot?

Tot? – Still. Alles still. Was bist du so bleich? Was hast du eine rot Schnur um de Hals? Marie!« Der Schauspieler kniete schwer atmend über einem leblosen Frauenkörper und hielt ein blutiges Messer in der Hand. Er hatte ganze Arbeit geleistet. Irren Auges starrte er in einen imaginären Mond, und weil ihm der Text ausgegangen war, seufzte er wie ein wundes Tier und stürzte von der Bühne.

Eher zufällig war ich in eine Vorstellung von Büchners »Woyzeck« geraten, die im Kellergewölbe des Tübinger Zimmertheaters gegeben wurde. Nach dem »Freischütz« im Aschaffenburger Stadttheater vierzehn Jahre zuvor war dies mein zweites Theatererlebnis, und es war einschneidend. Denn am darauffolgenden Tag beobachtete ich den Hauptdarsteller, der allabendlich seine arme Marie an einem verlassenen Weiher abstach und unter dem lastenden Mond zurückließ, im hellen Sonnenlicht eines schwäbischen Sommertags und hingelagert auf die sattgrüne Wiese des städtischen Freibads. Neben ihm rekelten sich zwei ausnehmend hübsche Mädchen, die ihn bewunderten, ja anhimmelten, und ich begriff, daß es da ein interessantes Betätigungsfeld gab, an das ich nicht einmal im Traum gedacht hatte und mir die Erweiterung der Straßenmusik in eine höhere künstlerische Dimension schien, bei geregelter Bezahlung. Ich bewarb mich an der Staatlichen Hochschule für Musik und Darstellende Kunst in Stuttgart und wurde zu meiner großen Überraschung und zum Schrecken meines Vaters für den Studiengang Schauspiel angenommen.

Von Schafen und Vampiren

Im darauffolgenden Sommer reiste ich nach Sardinien, um meinen verstorbenen Großvater zu besuchen. Er hatte dreizehn Jahre zuvor die Insel überstürzt verlassen und war zurück in seine Kindheit gefahren. In Stuttgart stieg er aus dem Zug und wollte nach Hause, und da er nichts mehr fand, was ihm bekannt war, trieb er sich hilflos und verwirrt im Schloßpark umher und nächtigte unter den Sternen. Nach ein paar Tagen griff ihn die Polizei auf, und er wurde in eine psychiatrische Klinik bei Karlsruhe eingewiesen. Dort besuchte ihn mein Vater. Er saß aufrecht im Bett und betrachtete verzückt einen Bildband mit Gemälden Albrecht Dürers. Vielleicht hatte er sich in die schöne Venezianerin verliebt, die der Meister 1506 während seines Aufenthaltes in der Lagunenstadt gemalt hatte, denn kurz darauf ist er im Dunkel, das sich im Hintergrund des Bildes ausbreitet, verschwunden.

Ich kam mit dem Schiff in Cagliari an und nahm den Zug nach Oristano im Westen der Insel. Dort sollte ein gewisser Antonio C. leben, der ihm als Jugendlicher die Staffelei getragen hatte und später sein einziger Schüler war. Ich fand den Namen im Telefonbuch und lief hinaus zum Stadtrand, wo die bezeichnete Straße lag. Es stand dort eine kleine Villa, die sich unter der glühenden Mittagssonne in den Schatten hoher Pinien drückte. Hin und wieder machte sich ein Windstoß auf und durchstreifte die menschenleere Straße, wirbelte etwas Staub auf, überfiel das Blattwerk eines Lorbeerstrauchs und floh schließlich in das dunkle Loch eines Fensters, das unter einer leuchtenden Markise gähnte. Ich drückte den Klingel-

knopf, und auf einmal waren Schritte da. Eine Frau, die ich nicht hatte kommen hören, lief hinter meinem Rükken die Straße hinunter, blieb plötzlich stehen und sah mich einen Wimpernschlag mit schönen, dunklen Augen an. Sie stand da in der prallen Mittagssonne, und das Phantastische war, daß sie in dieser Hitze einen Pelzmantel trug, der ihr bis zu den Knöcheln hinunterhing. Ich hätte schwören können, daß sie darunter nackt war. Die Tür der Villa öffnete sich, und ein Herr mittleren Alters stand im Eingang. Hinter ihm, am Ende eines langen Flurs, hing im Licht eines seitlich einstrahlenden Fensters ein großes Ölgemälde, das zweifellos von der Hand meines Großvaters war. Es zeigte das Bildnis einer Frau, die mir bekannt vorkam. Noch während ich Signor C. – denn er war es, der dort stand – erklärte, wer ich sei, dämmerte mir, daß das Portrait niemand anderen darstellte als eben jene merkwürdige Dame, die mir gerade auf der Straße begegnet war, und die sich jetzt, da ich mich wieder nach ihr umwandte, in der Hitze des Mittags aufgelöst hatte. Auf dem Gesicht des Signore breitete sich ein strahlendes Lächeln aus, er öffnete die Arme und riß mich an sich.

Wir fuhren nach A., das ziemlich genau im Zentrum der Insel lag.

C. war, wie sich herausstellte, Vorsitzender der Sozialistischen Partei Sardiniens, kannte alle und jeden und führte mich in das kleine Dorf ein, in dem mein Großvater so lange gelebt und gemalt hatte. Ich drückte jedem Dorfbewohner die Hand, wurde von Haus zu Haus weitergereicht und nahm derart üppige Mahlzeiten ein, daß es mich sicher zerrissen hätte, wäre mein Stoffwechsel nicht so jugendlich und rasant gewesen. Der Barbier erzählte, wie er meinen Großvater rasiert, der Bäcker, welches Brot er ihm verkauft hatte, und der Bürgermeister, wie er ihn bei Sonnenaufgang mit der Staffelei in den Wiesen habe verschwinden sehen. Der Pfarrer Don P. zeigte mir die kleine Dorfkirche mit ihren morbiden Reliquien und führte mich zu einem Haus, in dessen Küche die halbe Gemeinde in feierlicher Stille versammelt schien. Es war kühl, und im Kamin brannte ein Feuer. Nachdem sich meine Augen an die plötzliche Dunkelheit gewöhnt hatten, sah ich in einem Lehnstuhl einen Mann sitzen, der wohl an die hundert Jahre alt und in sardischer Tracht gekleidet war. Als ich ihm die Hand reichte, hielt er sie fest und lachte mich mit zahnlosem Mund an. Plötzlich begann er zu singen, und es traf mich bis ins Mark. Es war keine menschliche Stimme, die ich vernahm, es war der kreatürliche Laut eines Tieres, eines Schafes, das in wilder Bergeinsamkeit zum Himmel schrie. Bis dahin hatten alle anderen geschwiegen, jetzt aber fielen ein paar Männer ein, und es entstand ein schwebender, sich in seltsamen, gutturalen Lauten aneinander reibender und überlagernder Chor, eine Art animalischer Gesang, der die ganze Seele dieses Landes, seiner rauhen Natur und Bewohner in sich trug. Auf einmal war es wieder still, und aus einem Hinterzimmer drangen die dünnen Klänge einer elektrischen Orgel, die eine immer gleiche, monotone Melodie wiederholten. Don P. forderte mich auf, den Raum zu betreten, der noch dunkler als die Küche war. Schweigend folgten mir die Anwesenden und ließen mich nicht mehr aus den Augen. Im hintersten Winkel des stickigen Raumes, dort, wo tiefe Nacht herrschte, bewegte sich ein Wesen, das nach vorn gebeugt auf einem Stühlchen saß und eine klapprige, pustende Elektroorgel bearbeitete. Es trug eine Art Kapuze auf dem Kopf, und indem ich näher kam, sah ich, daß es ein Kind sein mußte, kaum älter als fünf Jahre. Ein säuerlicher, penetranter Geruch ging von ihm aus. Ich beugte mich über den kleinen Körper, um auf dem Instrument zu spielen, spürte den Filz der seltsamen Kopfbedeckung an meiner Wange – und plötzlich kam mir Venedig in den Sinn. Vor Jahren hatte sich eine Film- szene in mein Hirn eingebrannt und war die immer wie- derkehrende Erinnerung an eine Stadt, die ich nie gese- hen hatte: ein Zwerg in einem roten Kapuzenmäntelchen, der, in die Enge getrieben, mit dem Rücken zur Kamera steht, und ein Mann, der in ihm seine ertrunkene Toch- ter zu erkennen glaubt und nicht ahnt, daß er den Tod vor sich hat.

Das Wesen unter mir erstarrte. Als es mir sein Köpfchen zudrehte und mich anblickte, prallte ich zurück. Ich sah in ein Gesicht, das zerfurcht, eingeschrumpft und uralt war und doch unverkennbar kindliche Züge trug. Dazu kam eine Art Irrsinn, der sich jeder Kreatur bemächtigt, die ein Schattendasein führen muß und niemals das Licht der Sonne erblickt. Das Schweigen im Zimmer war la- stend, niemand regte sich, und so spielte ich mit klopfen- dem Herzen Benny Goodmans »Stompin' at the Savoy«. Da lächelte das greisenhafte Kind, wie bei einer Schlange fuhr ihm die Zunge aus dem Mund und schnellte zischend vor und zurück. Schließlich begann es zu lachen, und sein kleiner, zerbrechlicher Körper schüttelte sich vor Vergnü- gen. Ich spürte, wie die Anwesenden in meinem Rücken aufatmeten, und als ich mich umdrehte, lachten auch sie und applaudierten.

Am nächsten Tag überreichte mir Signora E., die Haus-
hälterin meines Großvaters, ein Album mit alten Photographien, von denen einige jene geheimnisvolle Frau zeigten, die mir auf der Straße in Oristano erschienen war und
als Gemälde im Flur des Signor C. hing. Der dunkle Pelz,
die ondulierten Haare und temperamentvollen Augen
waren wieder zur Stelle, und ich fragte die Signora nach
dieser Dame. Sie gab mir ein Bündel unleserlicher Briefe,
die von ihr stammten, an meinen Großvater adressiert
und irgendwo im Deutschen Reich aufgegeben worden
waren. Die Frau habe Elsa geheißen, sagte sie, und einen
schwedischen Nachnamen getragen, sei aber aus alter
deutsch-jüdischer Familie und sehr reich gewesen. Einmal
im Jahr wäre sie in A. erschienen, hätte ein, zwei Monate
mit meinem Großvater verbracht und auf alle Männer im
Dorf den nachhaltigsten Eindruck gemacht. Nach Kriegs-
beginn war sie nicht mehr gekommen, und es hieß, sie sei
in einem See irgendwo im Osten Deutschlands ertrunken.

Als ich wieder zu Hause war, setzte ich meine Reise in
die Leben dahingegangener Menschen fort. Ich schloß
mich dem studentischen Widerstand gegen Hitler an und
schmuggelte Kopiermaschinen, auf denen flammende
Aufrufe gegen das nationalsozialistische Regime verviel-
fältigt wurden, von Saarbrücken nach München, flog auf,
wurde zum Tode verurteilt und mit dem Fallbeil hingerichtet. Es war mein erster Film, er hieß »Die weiße Rose«.
Im Herbst 1983 begann ich meine Theaterlaufbahn an
den Städtischen Bühnen in Heidelberg, und schon im
darauffolgenden Frühjahr zerriß mir der kampferprobte
Intendant meinen Fischgrätmantel, um zu demonstrie-

ren, wie präpotente Berliner Theaterleute mit ihm um-
sprängen.

Ich hatte unterderhand einem Regisseur mit Namen Z.
vorgesprochen, von dem ich nichts weiter wußte, als
daß er ein schwieriger, aber ganz und gar herausragender
Vertreter seines Metiers sei. Das Vorsprechen war sehr
sonderbar verlaufen, ich hatte den nicht mehr ganz tau-
frischen Schlager »Ach, verzeihn Sie, meine Dame, Gott-
fried Schulze ist mein Name, und ich liebe Sie ...« auf
dem Akkordeon vorgetragen, dazu mit glockenheller
Stimme gesungen und war wie ein Satyr über die ver-
dreckte Probenbühne gehüpft. Herr Z. hatte sich das ge-
duldig angesehen, mich mit der ihm eigenen schlep-
penden Stimme gefragt, ob ich etwas von Shakespeare
vorrätig hätte, und als ich verneinte, mit Zuckerwürfeln
nach seiner Assistentin geworfen, einen zufällig herein-
kommenden Bühnentechniker beleidigt, aus einer Whis-
keyflasche getrunken und mir schließlich erklärt, er würde
in Berlin eine Art Musical über den Untergang eines jüdi-
schen Ghettos in Litauen inszenieren, eine authentische
Geschichte, die ein israelischer Autor dramatisiert habe
und einen interessanten, aber ziemlich ekelhaften Charakter beinhalte, den ich unbedingt spielen müsse, denn
ich sähe doch wie ein geborener deutscher Lagerkommandant aus. Ich bedankte mich höflich. Ob ich auch Saxophon spielen könne? Selbstverständlich, sagte ich, Brat-
sche, Xylophon, was er wolle, und fügte schnell hinzu,
daß ich außerdem alle baltischen Sprachen beherrsche,
mit Ausnahme des Lettischen, aber dafür spräche ich leid-
lich Finnisch. Er betrachtete mich wie ein Koch ein ihm
unbekanntes Gemüse, und sein rechtes Auge zuckte. Nach

einer Weile zog er einen Satz aus sich heraus: Du hörst von mir!

Ein Vierteljahr und einige Bataillen später war der Heidelberger Vertrag gelöst, und ich reiste unsicheren Herzens nach Berlin, um der Lagerkommandant Hans Kittel in Joshua Sobols Stück »Ghetto« zu werden. Herr Z. befand sich auf dem Höhepunkt seines Ruhms und seiner artistischen Schaffenskraft. Er war ein Gott des Theaters. Was er auch anfaßte, das spürte man, würde ihm gelingen, die unerbittliche Kraft, die er ausstrahlte, und seine Phantasie waren umwerfend, und so erhob sich ein Wind der Begeisterung, der die Produktion durchwehte, bis sie schließlich bei ihrer Premiere in den Himmel flog. Herr Z. führte das Leben eines Vampirfürsten und herrschte lustvoll über einen Staat durchglühter oder ermatteter Vasallen, je nachdem, wieviel Blut er ihnen gab oder nahm. Mit den banalen Wirklichkeiten des Lebens hatte er nichts zu tun; er existierte nur in einer von ihm selbst erschaffenen, künstlichen Welt, aber die Inszenierungen dieses Abglanzes waren großartig, Meisterwerke des Theaters, bunt, verrückt und prall von ganz eigenem Leben. Wie ein Dieb in ein nächtliches Kaufhaus war er immer wieder in die ihm fremde, wirkliche Welt eingestiegen und hatte mitgenommen, was ihm dienlich schien, menschliches Material zumal, das er in seine Kunst- und Wahnwelt schleppte und dort geschickt einpaßte. So hielt er sie beständig in Schwung.

Wir spielten »Ghetto« über einhundertdreißigmal, und ich ging in Folge ans Stuttgarter Theater, brach meiner Partnerin in einer denkwürdigen Premiere das Nasenbein, floh nach Zürich, wo man mich allgemein als zu schnell sprechend empfand, spielte im Moskauer Puschkin-Theater einen psychopathischen Cowboy in einem aus dem Deutschen simultanübersetzten amerikanischen Inzestdrama, woraufhin sich der Kommunismus zu zersetzen begann, und landete schließlich am Deutschen Schauspielhaus in Hamburg, welches Herr Z. in der Zwischenzeit als Intendant übernommen hatte.

Ich wurde mit Leib und Seele Hamburger und reagierte überrascht, wenn man mich gelegentlich daran erinnerte, daß ich eigentlich aus einer Region weit südlich der Harburger Berge stammte. Selbstverständlich war ich zur See gefahren, sang die alten Hafenlieder und saß fast jede Nacht im »Schlußlicht« oder »Silbersack«, wo die letzten Walfänger dreißig Jahre zuvor ihre Heuer versoffen hatten. Und ich spielte Theater bis zum Hörsturz.

Herr Z. verschwand, wie er es zu tun pflegte, wenn ihn ein Spielzeug langweilte, und ein Mann trat auf den Plan, der das komplette Gegenteil war, mitten im Leben stand und es feierte, ein walisischer Troll mit englischem Paß und russischem Namen, untersetzt und von überbordender Energie. Auf Wunsch des Ensembles und des Aufsichtsrates übernahm er die Intendanz. Die große Liebe des Feuilletons genoß er nicht, seine Inszenierungen folgten den vorgegebenen dramatischen Handlungssträngen, sehr britisch bestand er darauf, eine Geschichte zu erzählen, und von camouflierendem Schnickschnack hielt er wenig. Das Theater war voll, das Publikum begeistert, der Spaß riesig. Drei Jahre später wurde er durch eine philiströse Pressekampagne und Kulturpolitik trotz seiner unbestreitbaren Erfolge zur Strecke gebracht. Daraufhin ermordete ich im »Tivoli«-Theater auf der Reeperbahn allabendlich sieben Frauen in einem selbstgeschriebenen Musical (starb aber fairerweise am Ende selbst den Flammentod), übernahm mit dem langhaarigen Tübinger Jugendfreund W. die altehrwürdigen, doch siechen Hamburger Kammerspiele, verliebte mich unsterblich in eine schweigsame junge Bühnenbildnerin und ging mit dem walisischen Ex-Intendanten B. nach München, um am Bayerischen Staatsschauspiel als Peer Gynt auf- und als Macbeth wieder unterzugehen.

Niemand, der je in die Rolle des schottischen Feldherrn schlüpfte, ist noch dem Fluch entkommen, der in diesem Nachtstück lauert. Bricht er sich ein Bein, ist er gut bedient. Mir brach mein Leben auseinander, und es schien wirklich, als führte es geradenwegs in die Dürre, unters gelbe Laub. Alles, was schiefgehen konnte, ging schief; am Ende hatte ich mich dem Titelhelden anverwandt und besaß selbst seine rabenschwarze Ausstrahlung, versetzt mit einem guten Schuß Lächerlichkeit.

Geschlagen kehrte ich nach Hamburg zurück, meine junge Freundin K. hatte sich in einer dramatischen Aktion auf eine Insel im Atlantischen Ozean abgesetzt, um dort fern von mir ein neues Leben zu beginnen. Ich aber beruhigte mich allmählich, und als Hekates Macht schließlich erlahmte, ergriff mich wilder Liebeskummer. Ich bat K. um das berühmte klärende Gespräch. Sie schlug Madrid vor. Ich flog hin. In der spanischen Hauptstadt nahmen wir beachtliche Mengen alkoholischer Getränke zu uns, und ich fragte, unter welchen Bedingungen sie bereit wäre, unsere in der schottischen Heide verdorrte Liebesgeschichte wiederzubeleben. Nicht in Deutschland, sagte sie. Ich bot Frankreich an; sie lehnte ab, Franzosen seien wie Deutsche, die Italiener spielten. Also Italien, lenkte ich ein und bestellte zwei Campari. Versuchen wir's, antwortete sie. Wir flogen nach Mailand, mieteten ein Automobil und machten halt in Genua. Zu laut, zu dreckig, beanstandete sie. Warst du je in Venedig?

Die Seerose im Speisesaal

Es war Mitte April im letzten Jahr des alten Jahrtausends, als wir die Lagunenstadt erreichten. Die Pension, in der wir abstiegen, hieß »Seguso«, befand sich am Canale della Giudecca und war einmal Schauplatz eines Kriminalromans von Patricia Highsmith gewesen. Jetzt stand sie unter Wasser, denn es herrschte das berühmte Aqua alta, welches Venedig im Frühjahr und Herbst gern heimsucht. Was für ein Aufenthalt! Schon das Mittagessen wurde zu einem absurden Theaterstück. Als sei es ein ganz normaler Vorgang, der sich jeden Tag genauso wiederholte, wurde man in einen Speisesaal gebeten, der völlig überflutet war. Antike Tische, hübsch eingedeckt, Stühle und eine mächtige Anrichte standen im Wasser, das mir bis zu den Knien reichte und immer weiter zu steigen schien. Der Patrone in schwarzem Anzug und hohen Gummistiefeln überließ uns die Speisekarte und fragte, ob er noch einen Gast an unseren Tisch setzen dürfe, einen französischen Herrn, der hier schon seit vielen Jahrzehnten verkehre. Monsieur de V., weit jenseits der Siebzig, kam mit hochgekrempelten Hosen und ohne Schuhe an unseren Tisch gewatet, stellte sich vor, setzte sich, entfaltete eine blütenweiße Serviette und erklärte ohne weitere Umstände, daß das Was-

ser, n'est-ce pas, doch so viel mehr sei als H_2O, nämlich Symbol für Eros, Geburt und Tod, und nur hier in dieser Stadt könne man sinnlich erfassen, wie bedroht und vorübergehend das Leben wäre und zugleich von welch unerhörter Schönheit. Für die alten Veneter sei die Lagune Fluchtpunkt vor den Gefahren des Festlandes gewesen, aber da draußen liege nun mal der Ozean, der bis in die Stadt hineindringe, und Ozeane, nicht wahr, seien Gräber, die uns Menschen verschlängen. Eine kleinwüchsige ältere Dame kam hereingeschwommen wie ein Fabelwesen, das sich auf ein Seerosenblatt gesetzt hat. Sie steckte bis zum Bauch im Wasser, und ihr Rock hatte sich mit der darüberliegenden Schürze aufgebauscht und wie ein Blätterkranz um ihre Hüfte gelegt. Sie brachte Speisen, wünschte einen guten Appetit und trieb mit der Strömung wieder hinaus in die Küche. Zum Nachtisch gab es Biscotti und den aus Treviso stammenden, süßen Fragolinowein, der, wie der Name andeutet, nach Erdbeeren schmeckt und, in größeren Mengen genossen, die Nerven zerrütten soll. Wäre er in unserem Alter, seufzte Monsieur de V., würde er nicht zögern, sich auf der gegenüberliegenden Giudecca-Insel anzusiedeln, dort sei es nicht so überlaufen und es existiere eine noch weitgehend intakte Infrastruktur. Dort lebten Muschelfischer und Kommunisten, es gäbe die beste Salumeria der Stadt, ein Kloster, eine Werft, ein Frauengefängnis, und überhaupt müsse er sich jetzt hinlegen, er bedanke sich für die nette Gesellschaft, man sähe sich zum Abendessen, wenn das Wasser wieder zurückgegangen sei. Anstelle einer Siesta liefen wir über die Accademia-Brücke hinein in die Stadt und ließen uns durch die Jahrhunderte treiben. Auf dem Campo San

Stefano tranken wir einen Cappuccino, so cremig und weich, wie ihn nur italienische Kaffeemaschinen in Italien fabrizieren. Ich lehnte mich auf meinem Stuhl zurück, blinzelte in die Sonne und sah einer Taube nach, die gemächlich über den großen Platz segelte und flügelschlagend vor einer Haustüre niederging. Darüber war ein Schild angebracht, auf dem in grünen Lettern »Immobiliare« stand. Kurz entschlossen erhob ich mich, und wenig später stand ich in einem dunklen Raum voller Akten und Büromaschinen, die leise vor sich hin summten, von menschlichem Leben aber keine Spur. Hinter einem Schreibtisch hing ein Ölgemälde, das ein rotes Fischerboot vor einer Kanalbrücke zeigte und zwei Männer, die an der Anlegestelle saßen und Netze flickten. Ich konnte es kaum fassen, und als ich näher trat, erkannte ich tatsächlich rechts unten die Signatur meines Großvaters und die Jahreszahl 1929. Ein älterer Herr kam aus einem der hinteren Zimmer hereingeschlurft und begrüßte mich höflich. Ich fragte ihn auf Englisch, woher dieses Bild stamme. Sein Vater, antwortete er etwas zögerlich, sei Arzt in Chioggia gewesen und hätte es von einem deutschen Maler als Geschenk erhalten, den er wegen einer Lungenentzündung umsonst behandelt habe. Da sei er selbst noch ein Kind gewesen, aber er würde keine Bilder verkaufen, sondern Wohnungen, und jetzt müsse ich ihn leider entschuldigen. Ich fragte schnell, ob er denn etwas auf der Giudecca im Angebot hätte. Er lächelte. Come no, die Wohnung eines Gondoliere, direkt am Wasser, mit Blick auf die gesamte Stadt, die könne er mir heute abend noch zeigen.

Als der Tag zu Ende ging, standen wir an einem hohen Fenster über dem Giudecca-Kanal und sahen die Salute-

Kirche und links dahinter den Campanile von San Marco im roten Licht der untergehenden Sonne. Ich fragte K., ob sie hier gern bleiben wolle. Sie sah hinaus aufs flimmernde Wasser, sah die leuchtende Stadt, die bald im Dämmer der heraufziehenden Nacht versinken würde, drehte sich zu mir und sagte ja.

La Bambola

———— ❧ ————

Die Verkäuferin der kleinen Parfumerie auf dem Lido hatte gefragt, wie alt denn die Dame sei, der wir eine Freude machen wollten. Sechsundneunzig, antwortete ich, also noch ein ganz junges Mädchen, lachte sie und empfahl für diesen Fall unbedingt etwas Klassisches. Chanel Nº 5. Sie gab sich große Mühe und verpackte alles sehr hübsch, Parfum, Seife in Zitronenform und einen Seidenschal, den wir in einem Laden nebenan gefunden hatten.

Als wir die zwei Stockwerke zu ihrer kleinen Wohnung hinaufgestiegen waren, stand Rosa freudestrahlend in der Tür, mit einer Halskette aus roten Perlen, Ohrringen und etwas Rouge auf den Lippen, das nicht ganz sicher aufgetragen war. Sie bat uns in ihre Küche, und auf dem Weg durch den niedrigen, schmalen Flur warf ich einen Blick in ihr abgedunkeltes Schlafzimmer. Ich stand schon in der Küchentür, als mir bewußt wurde, daß ich außer Bett, Schrank und Kommode im Schatten etwas Merkwürdiges gesehen hatte.

Aber schon drückte mir Rosa ein Glas Rotwein in die Hand, und wir setzten uns an einen kleinen, wackeligen Tisch, sie strahlte, und der einzige Zahn, der ihr geblieben war, lugte unter der Oberlippe hervor wie ein verwittertes Stück Elfenbein. Ihr Gesicht war eine Landschaft, die sich im Laufe eines langen, entbehrungsreichen Lebens herausgebildet hatte; es gab Berge, ja regelrechte Gebirgszüge, zwischen denen sich Täler dahinzogen, tiefe und weniger tiefe, langgestreckte, die sich zu Ebenen weiteten, wiederum anstiegen, um hinabzufallen zu zwei Seen, dunkel schimmernd oder hell strahlend, je nachdem, welches Wetter herrschte und wie das Licht sie traf.

Alles in ihrer Wohnung wirkte ordentlich, sauber, liebenswürdig. Rosa selbst war tadellos gekleidet, und es war klar, daß sie jede Art von Nachlässigkeit haßte, daß das Geheimnis ihres hohen Alters ganz offensichtlich in ihrer Fähigkeit lag, den Anwürfen und Unwägbarkeiten des Lebens eine innere Ordnung entgegenzusetzen, die völlig selbstverständlich war und ihren Ausdruck in einer Liebe zur Form und schönen Ausgestaltung fand.

An der Wand hinter ihr hing eine alte schwarz-weiße Photographie ihres Mannes, der Kohlenschiffer gewesen war und 1944, als Venedig die städtische Beheizung von Kohle auf Gas umstellte, mit seiner Arbeit auch seinen Stolz verlor. Wütend, enttäuscht und unfähig zu Rebellion oder Neubeginn, war er in ein seelisches Loch gefallen, aus dem er sich für den Rest seines Lebens nicht mehr befreien konnte. Nur noch selten verließ er das Haus, rührte weder Arbeit noch seine Frau mehr an, und so mußte Rosa für ihre acht Kinder, die mitsamt den Eltern in der Küche und dem kleinen Zimmer nebenan schliefen, den Lebensunterhalt bestreiten.

Sie hatte eine Anstellung als Putzfrau im »Fenice«-Theater gefunden, das einmal die schönste und bedeutendste Opernbühne Italiens und Europas gewesen war und ihren Namen dem Umstand verdankte, zweimal abgebrannt und wiederaufgebaut worden zu sein. (In der Nacht vom 29. auf den 30. Januar 1996 war sie ein drittes Mal in Flammen aufgegangen, bis auf den Grund zerstört und acht Jahre später feierlich wiedereröffnet worden. Die legendäre Akustik konnte zwar wiederhergestellt werden, die Patina der Jahrhunderte und ihr einzigartiger Charme freilich waren dahin, und es scheint nur eine Frage der Zeit, bis sie ein viertes Mal den nächtlichen Himmel Venedigs illuminiert.)

Frühmorgens, nachdem sie ihre Familie versorgt hatte, bestieg Rosa das Boot, das sie über den Kanal trug, und sie putzte Logen, Zuschauerraum und Bühne, bis die abendliche Vorstellung begann, die sie schweigend hinter den Kulissen verbrachte, um nach ihrem Ende noch einmal aufzuräumen und zu reinigen, was sie den Tag über bereits in Ordnung gebracht hatte. Sie hörte die schillernde Stimme von Maria Callas, die den goldstrahlenden und mit leuchtenden Farben ausgemalten Riesenraum füllte und zum Schwingen brachte, bis er sich aus seiner mechanischen Verankerung zu lösen schien und davonschwebte in eine Sphäre, die Musik in Licht und reines Glück verwandelte. Sie vernahm den triumphalen Applaus des Publikums, der einen Menschen dort draußen zum Gott machte, und träumte davon, einmal nur die »Tigerin« von Angesicht zu Angesicht zu sehen und ihre große Konkurrentin, den »Engel« Renata Tebaldi, oder auch nur Benjamino Gigli, dessen geschmeidiger, wunderschöner Tenor so gar nicht zu einem Körper paßte, von dem alle sagten, er sei unförmig dick und pastös.

In den Sommermonaten gab es zusätzliche Arbeit bei den Filmfestspielen auf dem Lido. Während der Vorführungen verharrte sie still unter der Tribüne, auf der das mondäne Publikum saß, und vernahm die Stimmen der berühmtesten Schauspieler ihrer Zeit. Sie versuchte sich die Bilder vorzustellen, die unsichtbar dort oben über die Leinwand flackerten, und träumte von Alberto Sordi, der sie im offenen Sportwagen und in lässiger Umarmung eine kurvenreiche, steil zum Meer abfallende Küstenstraße entlangfuhr, ihr Haar wehte im Wind, tief unten rauschte die Brandung, und als er den Wagen schließlich anhielt, sah er sie mit glutvollen Augen an, zog sie an sich und sagte ihr Dinge, die sie von ihrem Mann nie gehört hatte. Denn auch sie war einmal ein hübsches Mädchen gewesen mit langen schwarzen Haaren und einer tadellosen Figur, und die Jungen in ihrer Nachbarschaft bei der Salute-Kirche hatten sie angegafft und ihr heimlich nachgestellt. Einmal war sogar ein Bildhauer namens Bolla ins Haus der Eltern gekommen mit dem Wunsch, ihre Beine zu modellieren, doch der Vater, ein rechtschaffener Arbeiter und Kommunist, hatte gebrüllt, seine Tochter käme in kein Museum, den Künstler beschimpft und hinausgeworfen. Als sie siebzehn war, ging sie mit Nino, einem Nachbarsjungen, heimlich tanzen; er küßte sie, gleich war sie verliebt, und sie sahen sich einen wundervollen Monat lang, bis Nino ins Militär einrückte. Als er zurückkam, hatte sie ihm eine Tochter geboren. Das war 1927. Sie heirateten und zogen auf die Giudecca, wo sie am Südrand der Insel in einer Holzbaracke und bedrückender Armut lebten. Jahr für Jahr kam ein neues Kind zur Welt, und wenn Nino abends von der Arbeit kam, hatte er noch genügend Kraft, den Küchentisch mit der schweren Granitplatte an den Zähnen in die Höhe zu ziehen. O ja, er war ein stolzer Kohlenschiffer!

Rosa, die unter der Tribüne eingenickt war, wurde vom

Getrampel der Zuschauer geweckt. Es war ein so lautes, erschreckendes Geräusch, daß sie den Kopf einzog und fürchtete, das Holzpodest könnte einstürzen und sie in ihrem dunklen Winkel erdrücken. Als es wieder ruhig wurde, hörte sie, wie jemand das Podium über ihrem Kopf erklomm, ein paar Schritte tat, einen Stuhl rückte und zu sprechen begann. Es war Alberto Sordi, der dem Publikum und den Journalisten in schlanken Worten Rede und Antwort stand, sie kannte seine elegante Stimme genau, und sie erkannte auch die von Anna Magnani, Sophia Loren, Marcello Mastroianni, Giulietta Massina oder dem heißgeliebten Antonio de Curtis, der sich Totò nannte.

Sie alle bewegten sich dort oben in einer entrückten Welt, und es schien ihr, als seien die Worte, die sie sprachen, doch eigentlich auch an sie gerichtet, nur hatte ein grausames Schicksal eine Trennungslinie gezogen, unsichtbar, aus Holz oder Stein, und verhindert, daß auch nur etwas Licht auf sie fiel. Gegen neun Uhr abends fuhr sie todmüde nach Hause, kochte für Nino und die Kinder und legte sich ins Bett. Ippolita, die Älteste, legte ihr Pino an die Brust, und noch während sie ihr Kind säugte, schlief sie vor Erschöpfung ein.

Jetzt aber, da Ippolita selbst achtundsiebzig Jahre zählte und Urgroßmutter war, saß Rosa hellwach am Küchentisch und freute sich sichtlich über unseren Besuch. Sie redete in einem fort, erzählte von ihren jüngeren Schwestern, die innerhalb weniger Monate gestorben seien, sie aber hätte alle überlebt; und wie im Supermarkt, wenn das elende Gedrängel an der Kasse losgehe, würde sie es auch mit dem Tod halten: »Bitte nach Ihnen, Signora! Nur zu, Signor, ich lasse Ihnen gerne den Vortritt!« Ihre kleinen

Augen funkelten, sie ergriff meine Hand und brach in ein schallendes Gelächter aus. Plötzlich hielt sie inne. Aus dem Schlafzimmer nebenan war ein Geräusch gekommen, undefinierbar und nicht sehr laut. Ich sah in den dunklen Flur, und mir schien, als hätte sich dort etwas bewegt, blitzschnell aber war es wieder zurück ins Zimmer geschlüpft, ein Trippeln, ein Flüstern und Gewispere war zu hören, dann fiel ein Gegenstand rumpelnd zu Boden, was ein unterdrücktes Kichern nach sich zog, und es war schlagartig wieder still. Rosa schien sich nicht weiter für die Vorgänge im Nebenraum zu interessieren, vielleicht hörte sie auch nichts, versonnen lächelte sie vor sich hin, und als sich unsere Blicke trafen, zuckte sie nur mit den Schultern. Ich stand auf, um herauszufinden, was in aller Welt dort drüben los war, und als ich das elektrische Licht im Schlafzimmer andrehte, starrten mich die Augen von nicht weniger als einem Dutzend Puppen an, die, überall im Raum verteilt, allein oder in Grüppchen auf Schrank, Bett, Kommode und Stuhl saßen, liebevoll angefertigt und herausgeputzt. Augen und Glieder aber waren von seltsam gespanntem Ausdruck, so als hätten sie mitten in einer Bewegung ertappt innegehalten, blitzschnell eine Position eingenommen und jetzt sichtlich Mühe, sich nicht mehr zu rühren. Es waren diese Puppen gewesen, die ich beim Hereinkommen aus dem Augenwinkel erspäht und gleich wieder vergessen hatte. Unter ihnen befand sich eine, die meine Aufmerksamkeit sofort erregte. Sie lehnte gegen den Spiegelaufsatz einer Eichenkommode und war mit ihrem hübschen Porzellangesicht und der schwarzen Pagenfrisur K. in verblüffender Weise ähnlich. Mit einem Mal verstand ich, warum Rosa so außer sich geraten war, als sie K. nach unserer Ankunft in Venedig bei einem Spaziergang auf der Fondamenta das erste Mal erblickt hatte. Mit offenem Mund war sie vor ihr stehengeblieben, hatte laut in die Hände geklatscht, einen Schrei des Entzückens, ja tiefen Glücks ausgestoßen, sie stürmisch in die Arme geschlossen und wieder und wieder ausgerufen: »Bambola, la mia bambola! Mein Püppchen, wie schön du bist!« K. schien ihr lebendiger Teil der kindlichen Welt, in die sie sich am Ende ihres Lebens geflüchtet hatte, und von Stund an überschüttete sie sie mit ihrer ganzen Liebe. Immer wenn wir uns trafen, tranken wir ein Birrino, ein Bierchen, zusammen, und sie machte ihrem Herzen Luft, das voll Trauer oder Freude war.

Ich schaltete das Licht im Schlafzimmer wieder aus und wollte eben die Tür schließen, als ich ein dünnes, näselndes Stimmchen vernahm, das ein Lied oder, wie mir eher schien, eine Opernarie anstimmte, und es klang wie aus dem Trichter eines alten Grammophons: »Einmal schon glaubt' ich, mein Herz sei tot, doch der Glanz dieser blauen Augen erweckt es aufs neu …« Ich drehte das Licht wieder an, und sofort war es still. Auf dem großen verspiegelten Schrank, der ein Ensemble mit den anderen Möbeln des Zimmers bildete, aber saß eine Puppe, die ich vorher dort nicht gesehen hatte. Sie war über einen halben Fuß groß, von enormer Leibesfülle und in einen Frack gekleidet, der aus allen Nähten platzte, hatte ein weißes, teigiges Gesicht, schwarze, mit Pomade gebändigte Haare, und mir war, als baumelten die drallen Beinchen vorm Spiegel des Schrankes noch leicht hin und her. Sie hielt den Kopf abgewandt, und ihr Blick ging zum geschlossenen Fenster. Alle anderen Puppen saßen unbeweglich, starrten mich an wie schon zuvor, doch etwas hatte sich in ihren Gesichtern verändert, und ja, ich fand, daß jede einzelne von ihnen auf einmal sehr persönlich und unverwechselbar wirkte, einige kamen mir sogar seltsam bekannt vor, und fast schienen sie zu lächeln, aber es hatte etwas Höhnisches, Herausforderndes, und offenbar verwandten sie enorme Kraft darauf, nicht sofort loszuprusten und in ein wildes, boshaftes Gelächter auszubrechen.

An dieser Stelle muß ich zugeben, daß mir etwas unheimlich zumute wurde, ich hatte den Tag über einiges durcheinandergetrunken, draußen war es sehr kalt gewesen, es hatte sogar ein wenig geschneit, und hier drinnen herrschte nun eine Temperatur, wie man sie oft bei alten Menschen antrifft, die, geplagt von der Vorahnung künftiger Grabeskälte, aus ihren Heizkörpern herausholen, was sie nur herzugeben imstande sind. Vielleicht also war dadurch mein Kreislauf etwas aus dem Gleichgewicht geraten, mein Gemüt im wahrsten Sinne des Wortes überhitzt, und ich sah Dinge, die es gar nicht gab. K. rief aus der Küche, wo ich denn bliebe, es sei unhöflich, sie beide hier so lang allein zu lassen. Doch kaum hatte ich die Tür wieder geschlossen, ging es dahinter erneut los: »Munter plaudern die Brunnen, des Abends leichte Brise lindert der Menschen Weh ...« Dann vernahm ich ein Gekreisch und Gekeife, wie wenn sich jemand in die Haare geraten war, ja regelrecht prügelte, und als ich den Türgriff nach unten drückte, hörte es schlagartig wieder auf. »Was machst du für einen Lärm?« kam es auf Deutsch aus der Küche, »wir sollten los, laß uns das Geschenk übergeben und gehen, es ist gleich acht!«

Großer Gott, die Ente! Die hatte ich ganz vergessen. Seit

bald drei Stunden schmorte sie schon im Rohr, hatte den Punkt ihrer optimalen Geschmacksentfaltung mit Sicherheit längst überschritten und war jetzt dabei, auszutrocknen, sich schwarz zu färben, zusammenzufallen und bis zur Unkenntlichkeit zu verbrennen … Als ich wieder in die Küche trat, holte K. unser Päckchen hervor, drückte es Rosa in die Hand, küßte sie auf beide Wangen und wünschte ein frohes Weihnachtsfest. Ich nickte ihr aufmunternd zu, sie schlug die Hände zusammen, wie sie es immer tat, wenn sie sich freute, weigerte sich jedoch, das Geschenkpapier zu entfernen, es sei zu schön, so etwas dürfe man nicht zerreißen. Also packte es K. vorsichtig aus, und als sie ihr den kleinen Kristallflakon mit der goldgelben Flüssigkeit präsentierte, sah uns Rosa mit großen erstaunten Augen an. Sie hatte keine Ahnung, was das gläserne Ding sein sollte, sie nahm es in die Hand, drehte und wendete es hin und her, schaute mit zusammengezogenen Brauen auf das Etikett, und ich merkte, daß sie gar nicht lesen konnte. »Aaaiih!!« Mit einem Aufschrei sprang ich in die Höhe und schlug mit dem Kopf gegen den Blümchenschirm der kleinen Küchenlampe. Etwas hatte mich unterm Tisch in die Wade gestochen oder gebissen und einen heftigen Schmerz verursacht. Als ich die Hose aufkrempelte, sah ich, daß Blut das Bein hinunterlief, auch der Stoff war in Mitleidenschaft gezogen worden. Wieder konnte ich mir keinen Reim darauf machen, es gab nichts, was als Ursache dieser Attacke auszumachen war. Rosa hatte nur kurz aufgeblickt, sich aber gleich wieder ihrem Flakon zugewandt, und irgend etwas hielt mich davon ab, sie davon in Kenntnis zu setzen, daß es in ihrem Haushalt nicht mit rechten Dingen zuging. Ich entschuldigte mich bei K., die allmählich glauben mußte, daß mein Verstand gelitten hatte, und ging hinüber ins Badezimmer, um das Blut abzuwischen und die Wunde zu untersuchen. Kurz darauf klopfte sie an die Tür und ließ mich wissen, daß sie in diesem Augenblick und in der edlen Absicht aufbreche, unser Weihnachtsessen zu retten. »Sehr gut, geh schon vor … Nein, warte noch, … aber das kann doch nicht sein, hier sind vier Punkte in der Haut, ganz deutlich, wie wenn mir jemand mit einer gottverdammten Gabel …« – »Hör mal, es reicht jetzt, du hast den ganzen Tag getrunken und bist vollkommen durcheinander, am Tischbein wirst du dich aufgerissen haben, bedank dich für den Wein und komm bitte gleich nach!« Sie ging. Ich stand einen Augenblick still da und verlor mich in den seltsamsten Gedanken, schließlich sah ich in den Spiegel und erblickte darin zu meinem Erstaunen eine üppig blühende, von sanften Hügeln durchzogene Sommerlandschaft, durch die sich das helle Band einer Straße schlängelte. Ein offener Sportwagen von mattroter Farbe fuhr ins Bild, und in ihm saßen eine Ente, die eine Zigarette rauchte, eine Puppe mit schwarzer Pagenfrisur, ein französischer Parfumflakon mit blasiertem Gesicht und am Steuer ein unförmig dicker Opernsänger. Er hatte sich einen weißen Seidenschal um den Hals geschlungen und schmetterte aus vollem Halse: »Der Vogelfänger bin ich ja, stets lustig, heißa, hopsassa! Ein Netz für Mädchen möchte ich, ich fing sie dutzendweis für mich …« Da legte ihm die Puppe, die hinter ihm saß, vorsichtig die Arme um die Schultern, küßte ihn sanft in den Nacken, er drehte sich lachend zu ihr um und fuhr, sie ansingend, fort »dann sperrte ich sie bei mir ein und alle Mädchen wären mein!«

Als er das berühmte Tirilirili pfiff, schoß das Fahrzeug wie eine Rakete über den Straßenrand hinaus und stürzte, sich mehrmals überschlagend, einen steilen Abhang hinunter. Ich schloß die Augen, und als ich sie wieder öffnete, sah mich aus dem Spiegel eine Art überdimensioniertes Streichholz an, ein knallroter Kopf mit hektischen Flecken auf Stirn und Wangen und vom Hals abwärts eine Haut, die wie helles, poliertes Fichtenholz aus dem geöffneten Hemdkragen schimmerte. Indem ich noch darüber nachgrübelte, wer oder was das wohl sei, und mir allmählich dämmerte, daß ich es selbst war, der mich da aus dem Spiegel anblickte, klopfte es wieder. Ich dachte schon, K. hätte etwas vergessen, doch als ich öffnete, war niemand da.

Was jetzt passierte, wird mir kein Mensch glauben, vermutlich wird er denken, meine Phantasie sei durchgegangen wie ein fliehendes Pferd, und doch hat es sich genauso zugetragen, wenn es auch schwerfällt, zu beschreiben, was mir durch Kopf und Seele ging. Zunächst war es ein monströser Schrecken, der mich wie eine heiße Welle durchlief, aber schnell ebbte sie wieder ab und wich einer fassungslosen Neugier, denn alles, was ich sah, schien einem bunten, bösen Traum entsprungen, und es war nicht zu sagen, ob ich wachte oder schlief. Vom oberen Rand des Türrahmens senkte sich der Kopf einer Puppe, nach unten hängend, direkt vor mein Gesicht, baumelte dort für ein paar Sekunden, streckte mir die Zunge heraus und landete mit einem akrobatisch geschickten Sprung auf dem Steinfußboden des Flurs. Breitbeinig und mit abgespreizten Armen stand sie da, in der rechten Hand ein Messer, in der linken eine Gabel, und war nur wenig kleiner als der dicke Tenor vom Schlafzimmerschrank. Sie steckte in einem dunklen, scheckigen Anzug und besaß eine gewisse verwahrloste Eleganz, wie sie etwa der Oberkellner eines heruntergekommenen Kurhotels ausstrahlt. Das schmale Gesicht mit den tieftraurigen Augen und der riesigen, langgezogenen Nase sah unverwandt zu mir hinauf und wurde urplötzlich von einer geradezu überschäumenden Fröhlichkeit ergriffen. Sie sprang auf und nieder, kicherte und brabbelte einen Haufen unverständlicher Worte (es hörte sich neapolitanisch an), drehte sich ein paarmal wirbelnd um die eigene Achse, und als sie genügend Umdrehung zu haben glaubte, schleuderte sie blitzschnell das Messer nach mir. Ich sprang erschrocken zur Seite, mit großer Wucht fuhr es in das Holz des Türrahmens und blieb federnd darin stecken. »Totò! Smettila, hör auf damit!« rief Rosa scharf aus der Küche, und der kleine Kellner hielt erschrocken inne, legte den Kopf schief, überlegte kurz und watschelte mit den ruckartig nickenden Bewegungen einer Taube durch den Flur davon. Meine Aufmerksamkeit aber war bereits von etwas anderem angezogen. Aus dem Schlafzimmer nämlich war eine Frauenstimme zu hören, die jammerte und weinte, schließlich in einen theatralischen Gesang ausbrach, sehr hoch und dünn, und sonderbarerweise waren es deutsche Worte, die ich vernahm: »Der wilde Jäger, der wütend mich jagt, er naht, er naht von Norden! Schützt mich, Schwestern, wahret dies Weib!« Die Tür wurde einen Spalt aufgestoßen, und heraus stolperten zwei Puppen in Abendkleidern, eine schwarze und eine blonde, die sich gegenseitig an den Haaren zogen und nacheinander traten. »Ich werd's dir zeigen, du ... du ... singende Gießkanne, Hungerhaken, lächerliches Gespenst, was bist du schon? Ein wehleidiger Dreckhaufen, gehst uns allen auf die Nerven mit deiner Wichtigtuerei, du abgebrochene Primadonna, du häßlicher Rabe …!« kreischte die kleine Blonde mit der Stupsnase und versetzte der größeren mit den tiefschwarzen Haaren und den ausdrucksvollen Mandelaugen eine so schallende Ohrfeige, daß es sie an die Wand schleuderte. »Mach das nie wieder, nie, nie wieder, hörst du!« schrie diese nach einem Augenblick verblüffter Stille zurück. »Oh, wie ich dich hasse, immerfort tust du mir weh, nichts gönnst du mir, es macht dir Spaß, mich zu quälen, denn du kannst nicht ertragen, daß ich besser bin, besser, besser! Wer will dich schon hören, du abgetakeltes Huhn! Krampfadern hast du im Hals, mir wird schlecht, wenn ich dich nur sehe! Oh, wie ich dich hasse, hasse, hasse!!!« Sie brach in einen hysterischen Weinkrampf aus, und wie eine Marionette, deren Fäden man gekappt hat, sank sie in sich zusammen. Währenddessen aber waren einige weitere Puppen lautlos aus dem Türspalt geschlüpft und ohne besondere Anteilnahme an den beiden vorbeigetrippelt. Nur der dicke Tenor hielt einen Augenblick inne, schaute kopfschüttelnd auf die beiden hinab, räusperte sich und sang: »Während sie im Zweikampf streiten, springen wir und tanzen einen Rigaudon!« Dann wackelte er fröhlich der kleinen Gruppe hinterher. Wie eine Prozession bewegte sie sich in Richtung Küche, der jetzt der süßliche Geruch köchelnder Tomaten entströmte. An ihrem Ende hüpfte eine zierliche Puppe von kindhaften Zügen, die eine Trompete in der Hand hielt. Ihr flachsblondes Haar war struppig kurz, und sie hatte sich bei einem eleganten Kavalier eingehängt, der mit schmalem, blassen Gesicht, Oberlippenbärtchen und keck gehobener Braue aller Welt kundtat, daß er der schönste der Puppenmänner war. Sie lächelte ihn selig von der Seite an, und ihre großen Kinderaugen strahlten vor Verliebtheit und Bewunderung. Dann setzte sie die Trompete an den Mund, und ohne ihn aus den Augen zu lassen, spielte sie eine Melodie, die aus nur fünf Tönen bestand, sich in immer neuen Harmonien variierte und so schön war, daß ich hätte dahinschmelzen können, wenn nicht in eben diesem Augenblick eine sehr herrische Puppendame ihren Auftritt gehabt hätte. »Hör mit dem schrecklichen Gedudel auf, Giulietta, wir wissen, daß du Trompete spielen kannst! Geh, dein Essen wird kalt!« Sie wies mit dem Arm in die Küche, seufzte, dann hielt sie sich einen silbernen Spiegel vors Gesicht, zog mit gespitztem Mündchen die roten Lippen nach und ordnete ihr Haar, das lang und voll prächtiger Locken war. Sie war ein Bild von einer Frau, doch nichts gegen die, die jetzt neben sie trat. Hochgewachsen, von kräftiger Statur, mit schönen, schrägstehenden Augen, fleischigen, wohlgeformten Lippen und einer beeindruckenden Oberweite, verkörperte sie eine Sinnlichkeit, die mir den Kopf verwirrte, und ich mußte mich daran erinnern, daß es sich nur um eine Puppe handelte. »Gina«, sagte sie mit dunkler, wohlklingender Stimme, und ihr neapolitanischer Tonfall war nicht zu überhören, »spiel dich nicht so auf! Laß die Kleine in Ruhe, sie ist glücklich, wenn sie spielt. – Meinst du nicht, du könntest deine Farbtöpfe einen Augenblick beiseite legen und mir helfen, Maria in die Küche zu schaffen? Sie wird noch verhungern, wenn sie so weitermacht.« »Scheißdreck!« antwortete Gina sehr undamenhaft, »soll sie doch verhungern, wenn es ihr Spaß macht!

63

Einmal ist sie so fett, daß sie fast platzt, jetzt macht sie's umgekehrt, einen Sprung in der Schüssel hat sie! Und muß ich mir von einer Pornoduse wie dir sagen lassen, was ich zu tun habe?« Sie reckte das Kinn zornig in die Höhe, und ihre Augen funkelten. »Also gut, Sophia, ich werde sie jetzt mit dir nach drüben tragen, am Tisch aber setzt du dich so weit wie möglich von mir entfernt, du gehst mir genauso auf die Nerven wie Giuliettas Blechtröte! Renata, komm gefälligst her und hilf uns aufzuräumen, was du angerichtet hast!« Den letzten Satz hatte sie in den Flur hineingerufen, und tatsächlich kam die kleine Blonde mit der Stupsnase angewackelt, von deren Schlagfertigkeit ich kurz zuvor Zeuge geworden war. »Halt den Mund, Renata!« sagte Gina, als diese sich anschickte, etwas zu ihrer Entschuldigung hervorzubringen, »wie kannst du sie nur immer wieder schlagen? Ist das eine Art? Reiß dich in Zukunft zusammen! Und jetzt faß mit an! Sophia, du nimmst den rechten Arm!« Zu dritt hoben sie die stöhnend am Boden Liegende auf und liefen, sie vorsichtig stützend, langsam den Flur hinunter, bis sie in der Küche verschwanden. Auf einmal war es totenstill. Ich stand immer noch in der Badezimmertür und hatte das Gefühl, daß ich träumte. Ich kniff mich in den rechten Arm, aber nichts tat sich. Es blieb still und dunkel, nur aus dem Spalt der geöffneten Schlafzimmertür fiel ein schmaler Streifen Licht auf den Fußboden. Vorsichtig drückte ich die Tür etwas weiter auf und sah ins Zimmer hinein. Schweigend standen die Möbel im Dämmer des Raums, eine kleine Nachttischlampe brannte hinter dem Bett, von den Puppen aber fehlte jede Spur. Ich machte kehrt und schlich den Flur entlang zur Küche, deren Tür geschlossen war.

Als ich die Klinke in der Hand hielt, zögerte ich, sie hinunterzudrücken, denn plötzlich spürte ich, wie Angst in mir emporkroch. Doch ehe ich mir dessen bewußt wurde, hatte ich mir ein Herz gefaßt und die Tür geöffnet. Das Bild, das sich mir bot, war nichts weniger als phantastisch. Am rückwärtigen Ende des Tisches vor dem geschlossenen Küchenfenster thronte Rosa im Kreis ihrer seltsamen Familie und hatte einen Teller dampfender Spaghetti vor sich. Ihre Puppen saßen um sie herum auf schmalen, hohen Stühlchen, so daß die Köpfe gerade die Tischplatte erreichten, und schweigend aßen sie von winzigen, goldumrandeten Untertassen. Jetzt, da ich eingetreten war, sahen sie alle auf und starrten mich an. Rosa lächelte, und von ihrem Zahn tropfte etwas Tomatensoße auf die Unterlippe. Plötzlich weitete sich ihr Mund, die unzähligen Runzeln im Gesicht zogen sich in die Breite, und sie brach in ein Gelächter aus, wie ich es noch nie in meinem Leben gehört hatte. Sie gluckste und wieherte, schlug vor Begeisterung mit der Hand auf den Tisch, wurde immer lauter, brüllte geradezu vor Lachen, warf sich auf dem Stuhl hin und her, verschluckte sich, prustete wieder los, und Gina, Renata, Giulietta, Totò, Sophia, Maria und all die anderen (mit Ausnahme der Kleinen mit der Pagenfrisur, die K. so ähnlich war und die ich nirgends entdecken konnte) stimmten schnatternd und meckernd mit ein, schlugen mit den Händchen rhythmisch auf die Teller, daß die Tomatensoße bis zur Decke spritzte, sprangen kreischend von ihren Stühlchen, rannten auf mich zu, ein Löffel flog mir an den Kopf und … ich fuhr hoch und saß kerzengerade irgendwo im Dunkeln. Mein Schädel dröhnte, und jeder Herzschlag pumpte Gift ins Hirn und schmerzte. Es dauerte einige Zeit, bis ich begriff, daß es mein eigenes Bett war, in dem ich mich befand. Offensichtlich hatte ich geschlafen und einen Alptraum gehabt. Ich verspürte rasenden Durst und war schweißgebadet. Ich versuchte mich zu orientieren. Die Leuchtziffern des Weckers neben dem Bett zeigten vier Uhr früh, und als ich den Vorhang ein wenig zur Seite schob, sah ich Schneeflocken, die vor dem Fenster im Licht der Gassenlaterne tanzten. Plötzlich kam aus dem Flur vorm Schlafzimmer ein sonderbares Geräusch, ein Scharren und Rascheln, das ich nicht einordnen konnte.

Ich knipste die Nachttischlampe an und wollte eben K. wecken, als ich sah, daß ihr Bett unberührt war. Auf der Ablage daneben lag eine leere Flasche Gin. Mit einem Mal stand der ganze Traum wieder lebendig vor mir, mein Herz begann heftiger zu schlagen, und da ich nicht wußte, was ich tun sollte, rief ich vorsichtig ihren Namen. Da öffnete sich langsam die Tür, und sie trat herein. Im diffusen Licht der Lampe, das den hinteren Teil des Zimmers kaum noch erreichte, schimmerte ihre Haut wie Porzellan, die Haare waren tiefschwarz, ihre Augen dunkle Löcher, und als sie sich dem Bett näherte, hatten ihre Bewegungen etwas Mechanisches. Dann sagte sie mit dünner, monotoner Stimme, die sehr hoch und gar nicht die ihre war: »Rosa ist traurig, daß du dich nicht verabschiedet hast. Das war nicht schön von dir. Morgen wirst du dich bei ihr entschuldigen!« Obwohl es mir kaum gelang, meinen Körper ruhig zu halten, drehte ich mich zur Wand und stellte mich schlafend.

Das venezianische Bild

Carl und Clara

Ich besitze als Erbstück einer vor vielen Jahren dahingegangenen Großtante ein kleines Ölbild, das im Jahre 1850 entstanden, in keinem Kunstverzeichnis aufgeführt und darum auch unbekannt ist. Als mein Großvater, ihr Bruder, starb und sein Hausstand in Sardinien aufgelöst wurde, war sie dorthin gefahren und hatte mitgenommen, was sie für wertvoll hielt, darunter eben jenes kleine Gemälde, das von seiner Mutter auf ihn gekommen war. Es hatte einst der Schwester ihrer Ururgroßmutter gehört, die Clara hieß, 1811 in Straubing zur Welt gekommen und vor allen anderen Mädchen des Städtchens die blühendste Erscheinung war. Das erkannte auch ein junger, angehender Apotheker, der sich unsterblich in sie verliebte. Da er aber kein Geld hatte, sie auszuführen, und überhaupt zu schüchtern war, ihr den Hof zu machen, ließ er ihr als Zeichen seiner großen, doch stillen Verehrung einige kleine Bleistiftzeichnungen zukommen, auf denen sie vor wechselndem Hintergrunde in anmutigen und zum Teil aufreizenden Posen dargestellt war. Der junge Mann hieß Carl, war aus München gekommen, um nach seiner Lehrzeit erste Berufserfahrungen in der Straubinger Löwenapotheke zu sammeln. Er hatte schnell Anschluß an dortige Schauspieler- und Malerkreise gefunden und unter diesem Eindruck zu zeichnen und zu malen begonnen, wobei er ein Talent bewies, das zu den schönsten Hoffnungen berechtigte.

Der Sommer des Jahres 1829 war einer der lichtesten seit Menschengedenken, und ein wolkenloser Himmel spannte sich viele Wochen über das idyllische Städtchen, das mit seinen engen Gassen, spitzgiebligen Bürgerhäusern, Türmchen und Brunnen noch ganz in der Traumwelt des Mittelalters verharrte.

Es zeigte sich, daß Clara, die selbst gern malte und kleine Gedichte schrieb, von Carls Bildern tief beeindruckt und geschmeichelt war, und so ließ sie ihn wissen, daß sie einem Kennenlernen nicht abgeneigt sei. Sie trafen sich am Fluß unterhalb der alten Stadtmauer und liefen lange schweigend nebeneinander her. Der Sommerwind strich durch ihr Haar, die Sonne lachte, und der Himmel war so erschütternd blau, daß Carl nicht anders konnte, als ihr sein Herz zu öffnen. Clara war ergriffen von der Feinheit seines Wesens, der Wahrhaftigkeit seiner Absichten, und wenn es auch im Städtchen weit schönere Männer gab, die ihr den Hof machten, erkannte sie doch, daß dieser hier für sie bestimmt war. So begann eine Liebe, die ein Leben lang währte, ohne je den ersehnten Zustand der Erfüllung zu finden.

Claras Vater, Holzhändler und ein Mann von Autorität und Ansehen, bekam Wind von der Romanze, und als die Zeichnungen des jungen Mannes zufällig in einer Kommode des Mädchenzimmers entdeckt wurden, untersagte er ihr bei strengster Strafe jedes weitere Treffen mit dem dahergelaufenen Pillendreher und Vignettenmaler. Carl floh zurück nach München und hielt in den folgenden Jahren Verbindung mit ihr. Die Briefe, die er schrieb, schickte er an einen Freund in Straubing, der sie Clara heimlich zusteckte. 1833 brach er seine Apothekerlaufbahn ab und bekannte sich zu seiner wahren Bestimmung.

Claras Familie war inzwischen nach Stuttgart übergesiedelt, und ihr Vater hatte sie mit einem Materialwarenhändler aus Bad Cannstatt verheiratet, der sie schlecht behandelte und viel zur Verdüsterung ihrer Seele beitrug. Die Ehe blieb kinderlos, und als Clara vierzig wurde, stand Carl vor der Türe ihres Cannstatter Hauses. Er war von einer langen Reise zurückgekehrt, die ihn nach Venedig, Paris, London und Antwerpen geführt hatte, und schenkte ihr zum Geburtstag ein kleines Gemälde, das ein Jahr zuvor in Venedig entstanden war. Es ist ein Nachtbild in biedermeierlicher Manier und zeigt einen elegant gekleideten Herrn im Gehrock und Zylinder, der auf dem Scheitelpunkt einer kleinen Brücke steht und in emphatischer Geste den Mond begrüßt. Mit einem Spazierstock in der Rechten, einem Blumenstrauß in der Linken, einer Nelke am Revers und einer Halsschleife über dem seidenen Gilet bannt ihn Carl in den Lichtstrahl des Trabanten, während die Häuser und Palazzi wie schwarze, aus den Tiefen emporgestiegene Ungeheuer an der Wasseroberfläche des Hintergrundes schlafen. Schaut man näher hin, so entdeckt man im Kanal unter der Brücke dahintreibende Gegenstände: einen Gehrock, einen Spazierstock, einen Blumenstrauß, eine blaue Halsschleife, eine Nelke, einen Zylinder … Welch fabelhafter Einfall! Carl stellt die Zeit und ihr Vergehen räumlich dar, indem er zwei Bilder in einem malt, zwei zeitlich voneinander abgesetzte Ebenen übereinanderlegt und so von einer Selbstauslöschung erzählt, die als unsichtbare Bewegung dazwischenliegt.

Clara hat das Wiedersehen tief erschüttert; unter Tränen fleht sie ihn an, wenigstens bis zum nächsten Morgen zu bleiben, doch er lehnt ab und besteigt noch selbigen Tags die Postkutsche nach München. Er wird sie nie wiedersehen, denn eine Woche später wirft sich Clara von der Wilhelmsbrücke in den Neckar und ertrinkt.

Warum Carl der Frau, die er über alles liebt und nie vergessen hat, gerade dieses Bild schenkt, wer der Herr im Gehrock ist, woher er kommt und weshalb er sich doch scheinbar heiterer Stimmung ins Wasser stürzt, erfuhr ich einige Zeit später auf höchst sonderbare Weise.

Vom Sterben des reichen Mannes

Den ganzen Tag hatte das Feuer der Sommersonne auf dem Domplatz gewütet und schier das schwarze Bühnenpodest entzündet, auf dem pünktlich um fünf Uhr mein Überlebenskampf begann. Ich hockte in einem sich darunter befindenden luftlosen Bretterverschlag und wartete schwitzend und bis zum Umfallen nervös auf meinen Auftritt, der erbarmungslos näherrückte und dessen letaler Ausgang auch heute wieder unwiderruflich feststand. Mir gegenüber saß der Tod in Gestalt des Schauspielers S., der über eine allseits beneidete kellertiefe Stimme verfügte, die ihm Ruhm und noch mehr Geld eingebracht hatte, und zog lustlos an einer Filterzigarette. Er trug ein fest am Körper anliegendes schwarzes Trikot, das mit Knochen und hübsch geschwungenen Rippen bemalt war, und sein schmaler, kalkweiß geschminkter Kopf, aus dem mich zwei umschattete Augen traurig anblickten, steckte in einer lächerlich engen Kapuze. Irgendwie erinnerte er mich an ein Bleßhuhn. Ich dachte an den alten Tod, der viel unheimlicher, im Jahr zuvor aber nach kurzer, schwerer Krankheit gestorben war (ein großartiger Schauspieler, mit dem hingerichtet zu werden ich in meinem ersten Film die Ehre hatte), als die Messingfanfaren des seligen Werner Pirchner über meinem Kopfe losbrachen und Gottes Stimme machtvoll und zornig vom Glockenturm herabdröhnte und, die Menschen der Habgier und Verrohung zeihend, nach dem strafenden Tod rief.

S. stieg leise fluchend in den kleinen, wackeligen Fahrstuhl neben mir, schnippte seine Zigarettenkippe zu Boden, spuckte aus und wurde rumpelnd vor zweitausend staunende Gesichter und das schmiedeeiserne Eingangstor des Salzburger Domes gezogen. Einen Augenblick später stand auch ich in Barett und Lederwams auf dem glühenden Holzpodest, und es begann das Spiel vom Leben und Sterben des reichen Mannes, das seit dem Hungerjahr 1921 jeden Sommer mit größtem Erfolg auf diesem Platz vorgestellt wird. Wie die Kinder saßen die Zuschauer dort unten dicht gedrängt auf ihren Holzbänken, all die vielen Jedermanns, und verfolgten mit großen Augen das grausame Kasperletheater des Lebens, an dessen Ende der Würgeengel niederfährt und ein gebrochenes, jammerndes Menschlein am Boden liegt, dem der liebe Herrgott gnädig wieder aufhilft, daß er geläutert und versöhnt in den Schoß der einzig wahren katholischen Kirche eingehe. Nach zwei Stunden war ich wie durchs Wasser gezogen und heilfroh, endlich mausetot, in härenem

Bußgewand und begleitet von ein paar belcantierenden Engeln ins kühle Dunkel des Domes einzuziehen, wo gleich rechts unter einer Kirchenbank ein himmlisches kaltes Bier wartete, das mir der Herr Garderober dort hingestellt hatte. Als vierzehnter Jedermann seit dem legendären Josef Kainz besaß ich das Recht, die erzfürstbischöfliche Toilette zu benutzen, ein angenehm temperiertes Gewölbe, in dem alte Stühle, Tische und Hunderte Kisten mit Grab- und Kirchenlichtern bis unter die Decke gestapelt waren und wo es ein riesiges Waschbecken gab, das von frischem, aus der Felswand sprudelndem Quellwasser gespeist wurde. Dort saß ich nach der Vorstellung, bis sich mein Blut wieder abgekühlt hatte, und gelegentlich wusch ich mich auch.

Der alte Frack

An einem Augustabend zur Jahrtausendwende klopfte es zaghaft an die schwere Holztür der erzfürstbischöflichen Örtlichkeit, und als ich öffnete, standen eine rothaarige Frau und ein südländisch aussehender Mann davor und fragten, ob sie mich sprechen dürften. Sie war Journalistin einer Münchener Tageszeitung, und er, ihr Lebensbegleiter, Gymnasiallehrer in Venedig. Sie seien in der Vorstellung gewesen, und er wolle mich gerne kennenlernen, denn er hätte gehört, daß auch ich auf seiner Heimatinsel, der Giudecca, lebe. Er hatte ein hageres Gesicht, über das sich eine blasse, unruhige Haut spannte, sprach leise, und es ging eine sanfte, anrührende Traurigkeit von ihm aus. Wir verabredeten uns, und einige Wochen später besuchte ich ihn in seiner Wohnung am Ende der Calle del F., die bedrückend eng und dunkel war und deren tief heruntergezogene Zimmerdecken mir fast die Luft nahmen. Er hieß Silvio, war einige Jahre älter als ich, und da er im Liceo artistico Kunst unterrichtete, malte er auch selbst, aber die Bilder, die er mir etwas verlegen zeigte, hatten so ganz und gar nichts mit dem stillen, sanftmütigen Menschen zu tun, der da vor mir saß und unsicher lächelnd eine selbstgedrehte Zigarette rauchte. Sie waren Erzeugnisse nagender Alpträume, surreale Szenerien, bevölkert von phantasmagorischen Wesen und Ungeheuern, die sich gegenseitig zerfleischten und auffraßen.

In dieser Nacht machte ich eine seltsame Beobachtung. Ich war vor dem Schlafengehen noch einmal ans Fenster getreten und sah hinaus auf die dunkle Stadt und die zum nächtlichen Appell angetretenen Laternen, die das gegenüberliegende Zattere-Ufer vage illuminierten. Als ich den Blick Richtung S. Giorgio Maggiore wandte, bemerkte ich im Wasser einen Schatten, der das tanzende Mondlicht durchschnitt und sich schnell auf mich zubewegte. Es war ein Boot, an dessen Bug ein grünes Licht brannte, und das kurze Zeit später direkt unter mir am Quai festmachte. Zwei Männer hoben eine Bahre an Land, eine Art Sarg aus grauem Kunststoff, der zum Abtransport toter Menschen diente. Sie trugen schwarze, bis zu den Knien herabhängende Capes, die ihnen ein feierliches, ja unheimliches Aussehen verliehen. Eine Weile waren sie dort unten geschäftig, wobei alles in völliger Lautlosigkeit vonstatten ging und ohne daß die Männer auch nur ein einziges Wort miteinander sprachen. Schließlich setzten sie sich in Bewegung und liefen zügig die Uferpromenade hinunter, indem sie den Ponte Piccolo überquerten und zu meiner Überraschung in die Calle del F. einbogen. Jetzt schaukelte das Boot allein im weichen Wellenschlag der Nacht, und ich lehnte im Fenster und wartete, bis die Schatten der beiden auf dem Rücken der kleinen Brücke wieder auftauchten. Diesmal schien der Sarg schwerer, denn sie trugen ihn gebückt und langsam, setzten ihn unter meinem Fenster ab, und was ich schon zuvor beobachtet hatte, wiederholte sich nun in umgekehrter Reihenfolge; wieder war nicht das geringste Geräusch zu vernehmen, dann legte das Boot ab und verschwand rasch in der schimmernden Weite des Giudecca-Kanals.

Am nächsten Morgen rief ich Silvio an, er hob nicht ab, aber am Abend stand er vor meiner Tür und hielt freudestrahlend eine Gitarre in der Hand. Ich fragte, ob in seiner Nachbarschaft jemand gestorben sei, und erzählte von meinem nächtlichen Erlebnis. Da verschwand das Lächeln aus seinem Gesicht. Ich würde mich bestimmt irren, sagte er, in seiner Gasse sei niemand gestorben, er kenne jeden einzelnen Menschen dort, ich hätte mir das sicher eingebildet oder vielleicht nur geträumt, möglicherweise wären die Männer auch in eine andere Gasse hineingelaufen. Er wirkte sichtlich beunruhigt, steckte sich eine Zigarette in Brand, die er nach wenigen Zügen wieder ausdrückte, und bat mich um ein Glas Rotwein.

Schließlich setzte er sich, nahm die Gitarre aufs Knie, schloß seine Augen und begann mit leiser, eindringlicher Stimme ein altes venezianisches Fischerlied zu singen.

Er hielt den Oberkörper tief über das Instrument gebeugt, als wollte er hineinkriechen, und die langen, schwarzen Haare hingen ihm ins Gesicht. Auf einmal brach er ab

und sah mich an, aber er sah mich nicht. Seine Augen waren groß und dunkel, und die Gedanken dahinter hingen einer anderen Sphäre an. Er war sehr weit weg. Dann huschte ein Schatten über die Iris, wie wenn ein Vorhang aufgezogen würde, sein Blick fand den Fokus wieder, und er fragte mich, ob ich das Lied vom Mann im Frack kenne, Domenico Modugno, der Schöpfer von »Volare«, hätte es in den frühen fünfziger Jahren geschrieben. Ich verneinte. »Also, hör zu«, sagte er und schaute mich dabei unverwandt an, »es ist Mitternacht, der Lärm des Tags verstummt, und ein letztes Wirtshausschild erlischt.« Er hielt kurz inne, lächelte, dann begann er von den Straßen zu singen, den verlassenen, stillen Straßen einer schlafenden Stadt, einem Fuhrwerk, das sich rumpelnd in der Nacht verliert, und dem Fluß, der friedlich unter den dunklen Brücken dahinfließt, während der Mond kalt und klar am Himmel hängt. *Solo va un uomo in frack.* Nur ein Mann ist noch unterwegs, in Frack und Zylinder, mit einer Nelke im Knopfloch, einem Spazierstock mit Kristallknauf, diamantenen Manschettenknöpfen und einer blauseidenen Fliege über der Weste, *un papillon di seta blu.* So schlendert er dahin, gemessen elegant, und ist wie aus einem Traum gemacht, unwirklich und traurig. *Bonne nuit, bonne nuit, buona notte!* Mit überschwenglicher Geste grüßt er die leuchtenden Straßenlaternen, den Mond und verbeugt sich vor einer Katze, die fauchend und verliebt ins Finstere huscht. Es folgten ein paar Takte, die Silvio zur Begleitung seiner Gitarre pfiff, und sie machten das Lied leicht und mondhell. Ich ahnte inzwischen, was kommen würde, und auch Silvio spürte meine Spannung, denn er vermied auf einmal jeden Blickkontakt. Jetzt sang er von der Morgendämmerung und dem sanften Erwachen der Stadt, von den Laternen, die eine nach der anderen erlöschen, und dem erbleichenden Mond, der sich im weißen Licht des heraufziehenden Tags davonschleicht. Ein Fenster gähnt über dem Fluß, und eine Blume, ein Spazierstock, ein Zylinder, ein Frack schaukeln auf den Wellen dahin, unter den Brücken hindurch und weiter zum fernen Meer. Wer mag das gewesen sein, dieser Herr im Frack? Woher er wohl kam, und wohin wollte er? *Adieu, adieu, vecchio mondo!* Adieu all den versunkenen Erinnerungen, Adieu einem nie geträumten Traum und dem Brautkleid einer ersten und letzten Liebe …

Ich stand auf, ging in mein Schlafzimmer und nahm das venezianische Bild von der Wand. Wie war das möglich? Ein italienischer Schauspieler und Schlagersänger beschreibt in einem der berühmtesten italienischen Chansons exakt die Szene, die ein deutscher Maler einhundert Jahre zuvor festgehalten hat, auf einem kleinen Ölbild, das außer einigen Mitgliedern meiner Familie niemandem bekannt war und schon gar nicht Modugno, oder vielleicht doch? Immerhin wußte ich jetzt, daß der Herr im Gehrock Carl selbst war, der sich als romantischen Verlierer stilisiert, von einer Hochzeit kommend, die es für ihn nie gab, und sich voll Gram, aber nicht ohne gewisse Eleganz ins Wasser stürzt, im Gegensatz zu Clara in der erhabenen Welt der Kunst.

Silvio war sprachlos, als ich ihm das Gemälde zeigte, und so saßen wir eine ganze Weile still davor, rauchten und tranken Wein. Dann sagte er das einzig Richtige: »Modugno muß dieses Bild gesehen haben, es war die Quelle seiner Inspiration, es kann gar nicht anders sein.«

Als er gegangen war, beschloß ich, mit Antonio C. in Oristano Kontakt aufzunehmen, dem Schüler meines Großvaters, von dem ich allerdings nicht wußte, ob er überhaupt noch am Leben war, denn mein Besuch in A. lag schon fast zwanzig Jahre zurück. Lange Zeit hatte das Bild dort im Hause meines Großvaters gehangen, und vielleicht wußte C. irgend etwas, das mir weiterhelfen würde. Nach längerem Suchen fand ich seine Telefonnummer in einem alten Kalender und rief sofort an. C. war auch gleich am Telefon, außerordentlich lebendig, wie sich herausstellte, und schien riesig erfreut, nach so langer Zeit von mir zu hören. Ich müsse ihn unbedingt besuchen, man frage in A. immer wieder nach mir, es hätte sich dort vieles verändert, sogar die Hauptstraße sei inzwischen geteert, außerdem plane er ein Museum, um die Bedeutung des Dorfes als Wiege zeitgenössischer Malerei in Sardinien herauszustreichen, und wolle in diesem Zusammenhang natürlich speziell meinen Großvater würdigen, aber natürlich würden auch seine eigenen Bilder dort zu sehen sein …
Irgendwann gelang es mir, seinen Redefluß anzuhalten, und ich fragte schnell, ob ihm Domenico Modugno etwas sage. »Erminia«, schrie er, »Hurrick ist am Telefon, Ricardos Enkel, er lebt jetzt in Venedig, stell dir vor, und man kann sogar italienisch mit ihm reden!« Seine Frau rief im Hintergrund, es sei schon spät, und er solle machen, daß er ins Bett komme. Er wandte sich wieder an mich: »Komisch, daß du nach Domenico fragst, erst heute morgen hab ich an ihn denken müssen, es ist auf den Tag sechs Jahre her, daß er starb, er war einer meiner liebsten Freunde, ein wunderbarer Sänger, und was für ein Poet! Heilige Madonna, ich komm ja gleich, Erminia, Hurrick ist am

Telefon, verdammt noch mal! Wir waren gleich alt, weißt du, ich habe ihn ein paar Jahre nach dem Krieg kennengelernt, auf irgendeinem Parteikongress in Apulien, er war ein sehr politischer Mensch; nach einem Schlaganfall vor fünfzehn Jahren konnte er nicht mehr singen und ist ganz in die Politik gegangen, saß sogar im Parlament, und was hat er getan? Er hat die Irrenhäuser in Italien abgeschafft, dabei hätte er doch nur das Parlament auflösen müssen, so oder so, jetzt sind die Verrückten überall. Im Laufe der Jahre hat er uns immer wieder besucht. Übrigens kannte er auch deinen Großvater.« Ich fragte Antonio, ob er sich vielleicht an ein altes Ölbild erinnern könne, das eine nächtliche Szene in Venedig darstelle und irgendwo im Hause meines Großvaters gewesen sei. Er lachte schallend: »Come no, natürlich, dieses kleine Kitschbild, ich erinnere mich sehr gut! Es hing über einer alten Holztruhe im Wohnzimmer, und Domenico hat mehr als einmal versucht, es deinem Großvater abzuschwatzen, er mochte seine Bilder nicht sonderlich, weißt du, aber dieses Bild hatte es ihm irgendwie angetan, für einen Radikalen war er ziemlich sentimental und altmodisch. Hat er nicht sogar ein Lied daraus gemacht?«

Erst zwei Wochen später fand ich Zeit, Silvio aufzusuchen, um ihm von der überraschenden Lösung des Rätsels zu berichten. Ich logierte vorübergehend im altehrwürdigen Hotel des Bains auf dem Lido, weil mir die unerwartete Ehre zuteil geworden war, in die Jury des Venezianischen Filmfests berufen zu werden.

Jetzt stand ich also vor seiner Haustür, und es tat sich nichts. Nach einer Weile öffnete eine alte, sehr kleine Frau, ich dachte schon, ich hätte mich in der Klingel ge-

irrt, und wollte mich entschuldigen, da gab sie sich als Silvios Mutter zu erkennen. Ihr Sohn sei in der vergangenen Nacht von zwei Männern abgeholt und ins Krankenhaus eingeliefert worden, er hätte seine Schmerzen nicht mehr aushalten können, jetzt müsse sie noch einige seiner Sachen packen und in der Wohnung ein wenig für Ordnung sorgen. Der Schreck, der mir in die Glieder fuhr, war eisig, und ich mußte meine Stimme kontrollieren, als ich sie fragte, was denn los sei, er hätte mir nie erzählt, daß es ihm schlechtginge. Da brach die alte, kleine Frau in Tränen aus, und alles, was ich ihrem starken Dialekt und der zitternden Stimme entnehmen konnte, war, daß er seit Jahren eine Krankheit in sich trage, die ihn langsam auffresse, und jetzt wäre er im Ospedale Civile, und die Ärzte hätten sehr besorgte Gesichter gemacht; sie sei so unendlich traurig, wie könne der liebe Gott nur zulassen, daß ein Kind vor seiner Mutter gehe!

K. und ich liefen noch am selben Nachmittag durch die Stadt zum Campo S. Giovanni e Paolo, wo das städtische Hospital stand, das einmal die Scuola Grande di San Marco gewesen war, und über eine der herrlichsten Fassaden Venedigs verfügte. Silvios Zimmer befand sich im zweiten Stock und ging auf einen ruhigen Hinterhof hinaus, in den die Sonne schien. Er lag in einem warmen, friedlichen Licht und hatte sich stark verändert. Eine dünne, gelbliche Haut spannte sich über den Schädel, dessen Knochen stark hervortraten, die Augen lagen tief in ihren Höhlen, und auch die Iris war von gelber Farbe. Er lachte leise, als ich ihm von meinem Gespräch mit Antonio C. berichtete, und schien sehr zufrieden, daß er mit seiner Vermutung richtig gelegen hatte. Er wollte wissen, was in der Welt los sei, und ich erzählte ihm von den Filmen, die ich gesehen hatte, aus entlegenen Ländern zumeist, wo sie keine Industrieprodukte für ein überfüttertes Publikum wären, sondern Notwendigkeiten wie Wasser und Brot, und von den anderen Jurymitgliedern, dem Professore A. zum Beispiel, einem bekannten Geisteswissenschaftler und Shakespeare-Experten aus Neapel, der sich nur fürs Essen interessiere und sich die Filme so einteile, daß sie seine Nahrungsaufnahme in keiner Weise gefährdeten, von der taiwanesischen Schauspielerin und Schlagersängerin, die sichtbar aufblühe, wenn sie von kreischenden chinesischen Touristen belagert würde, und dem ägyptischen Journalisten, der mich etwas verwirrt hätte, weil er nicht nur die Deutschen, sondern auch ihre Filme so verehre. Wir waren nun schon bald eine Stunde da, und die lastende Stille des Raumes begann mich zu ermüden. Feiner Staub tanzte in den Sonnenstrahlen, die wie Lichtbalken durch das Fenster ins Innere fielen und irisierende Muster auf den Fußboden zeichneten. Endlich stand ich auf, um mich für den Tag zu verabschieden, da bat uns Silvio, noch einen Augenblick zu warten. Er zog an einer Schnur, die über seinem Bett hing, und wenig später trat eine Krankenschwester ins Zimmer, der er etwas zuflüsterte. Sie schien kurz zu überlegen, wobei sie ihre Stirn in sorgenvolle Falten legte, schließlich nickte sie und löste ihn von seinem Tropf. Dann kappte sie ein paar Schläuche, rief irgend etwas in den Flur und half ihm vorsichtig aus dem Bett. Silvio erklärte, er wolle uns zur Bootshaltestelle bringen, die gleich hinter dem Krankenhaus an der Fondamenta Nuova liege. Und so gingen wir langsam zum Fahrstuhl, fuhren hinunter ins Erdgeschoß, liefen durch eine lang-

84

gestreckte Säulenhalle mit hoher verzierter Decke, kamen in einen Garten, schlüpften durch ein schmales, verwittertes Tor und standen mit einem Mal am Rande der Lagune, über die sich ein makelloser Sommerhimmel spannte. Als wir in das Vaporetto der Linie 42 stiegen, sagte Silvio, er würde alles darum geben, noch einmal nach Hause fahren zu können, und ich erwiderte die üblichen hilflosen Dummheiten. Dann legte das Boot ab, er sah uns eine ganze Weile nach, winkte, wurde immer kleiner, wandte schließlich seinen Kopf zur Seite und sah starr auf San Michele, die Toteninsel, die ihm direkt gegenüber lag.

Das russische Neujahrsfest

───── ✠ ─────

Auf dem Gipfel seines Ruhms stürzte Carlos Gardel mit einem Flugzeug in die Unsterblichkeit. Das war 1935. Mit seiner temperamentvollen Baritonstimme hatte er sich in die Herzen von Millionen von Menschen gesungen. Im Sommer desselben Jahres steht ein junger ukrainischer Sänger vor dem elektrischen Mikrophon einer Londoner Schallplattenfirma. Auch er ist auf dem Höhepunkt seines Erfolgs, auch er singt Tangos. Er singt sie so leidenschaftlich und gekonnt wie Gardel, vielleicht ein wenig melancholischer und weicher, denn er singt in russischer Sprache. Der junge Mann heißt Pjotr Konstantinowitsch Leschenko, Persona non grata in der noch jungen Sowjetunion, populär und geliebt wie kein anderer russischer Sänger seiner Zeit. Er ist der König des russischen Tango und regiert im bunten Zigeunerkostüm oder im eleganten Frack mit weißseidenem Einstecktuch. Seine Anhänger überschütten ihn nach den Konzerten mit Blumen, heben ihn auf die Schultern, und so tragen sie ihren umjubelten König aus dem Theater, um ihn in einem der umliegenden Gasthäuser gebührend zu feiern. Seine Regentschaft währt nicht lang, obschon länger als die Gardels. Aber während Gardel den schnellen, gnädigen Tod fand, verschwindet König Pjotr im Alptraumreich des roten Zaren Jossif Wissarionowitsch und wird zum lebenden Leichnam. 1947 tritt er seiner jungen Frau Vera am Stacheldrahtzaun eines rumänischen Straflagers ein letztes Mal entgegen, abgemagert, erschöpft, zerquält und kahlgeschoren. Dann hört sie nichts mehr von ihm.

Er war immerhin schon zweiundvierzig Jahre tot, als ich die Bekanntschaft mit Pjotr Konstantinowitsch machte; ein tangobesessener Freund hatte mir eine Schallplatte geschenkt, die bei einer kleinen, feinen Berliner Firma erschienen war, hübsch gemacht, die Aufmachung der Vorderseite altrussisch bunt, fast orientalisch: Pjotr Leschenko. Tangos und Romanzen 1935. Ich sprach den noch nie gehörten Namen langsam aus. Und dann noch einmal leise und betont: Pjotr Leschenko. Es klang geschmeidig und schön, wie ein akustisches Ornament. Ich legte die Platte auf, und plötzlich schlug mein Herz schneller. Noch bevor die Stimme König Pjotrs aus dem Lautsprecher erklang, wußte ich, daß ich sie nie mehr vergessen würde.

Wenn man das erste Mal über die lange Eisenbahnbrücke nach Venedig hineinfährt, wirbeln Bilder, Vorstellungen, Erwartungen im Kopf herum, aber sie sind zu zahlreich und schimärenhaft, als daß sie sich zu etwas Klarem verdichteten. Alles ist Spannung, auf einmal schlägt das Herz schneller, und man spürt, daß ein Moment bevorsteht, der das ganze Leben verändern könnte. Die große Einangstür des Bahnhofportals von Santa Lucia schwingt sanft nach außen und gibt den unerhörten Blick frei auf die im Traum erstarrte Schöne, das schimmernde Band des Großen Kanals mit seinem bewegten Leben, die Häuser mit den abgeplatzten Fassaden und den leuchtenden Dächern, die wie steinerne Blumen aus dem Wasser in den Himmel wachsen, der sich tiefblau und strahlend darüberwölbt.

Lebe wohl, meine Liebste, lebe wohl, niemals werde ich

eine andere so sehr lieben können wie dich! Nie werde ich dich vergessen, deine Schönheit nicht und auch nicht dein Lachen, mit dem du mich so getäuscht. Und ich schicke dir meinen letzten Tango … Die alte Aufnahme ist hinreißend, technisch erstaunlich gut, das kleine Begleitorchester spielt meisterhaft, das Arrangement ist einfach und transparent. Zwei, drei Geigen fangen an zu weinen, so wie sie es nur konnten in einer Zeit der primitiven Aufnahmetechniken mit all ihren akustischen Geheimnissen. Dann ist das Vorspiel mit einer kurzen, etwas rumpeligen Gitarreneinlage zu Ende, und Pjotr fängt an zu singen. Schon nach wenigen Takten ist man ihm rettungslos verfallen und versinkt in der Unermeßlichkeit und Schönheit eines riesigen Landes, eines tiefen, undeutlichen Gefühls, und hört den Schmerz und die verzweifelte Lebensfreude seiner geschundenen Menschen, den dunklen Ton der unendlichen, von silbernen Flüssen durchzogenen Ebenen, das Rauschen des Windes in einem sommerlichen Birkenwald …

Der Mensch, der mir gegenüberstand und sich Sergej nannte, schien sich in Klischees auszukennen und war von meinen Ausführungen sichtbar beeindruckt. Irgendwie hatten wir das Thema Musik und Rußland berührt, und ich hatte also versucht, ihm zu beschreiben, welche Wirkung die Stimme Leschenkos auf mich gehabt hatte. Es war an einem Nachmittag Ende Dezember, und wir standen auf einer Terrasse am Giudecca-Kanal inmitten einer Gruppe fröstelnder, sekttrinkender Menschen. Seine Augen wurden feucht, dann trat er plötzlich auf mich zu und umarmte mich stürmisch: »Du kennst Pjotr Leschenko? Woher zum Teufel kennst du ihn? Ich bin Russe. Er war unser Größter, unser Gott! Und wer Leschenko kennt, der ist mein Freund. Natürlich kommst du zu unserem Neujahrsfest!« Und er drückte mir eine sehr geschmackvoll gemachte Karte in die Hand. Darauf luden er und seine Frau Ruby, eine gebürtige Kalifornierin von enormer Finanzkraft, zu einem großen russisch-orthodoxen Neujahrsfest in den Palazzo C. ein, der sich neben der Ca' R. direkt am Canal Grande befand, und den die beiden wohl erst vor kurzer Zeit gemietet hatten.

Pierre H., absoluter Herrscher über eine der schönsten Terrassen der Stadt, Koch und Galerist, Franzose und Amerikaner, zog mich beiseite und beglückwünschte mich. Ich hätte soeben die Einladung zu einem Fest erhalten, das zweifellos einer der gesellschaftlichen Höhepunkte des Jahres wäre und darum heißbegehrt sei. Auch er würde hingehen, und wir sollten uns auf jeden Fall etwas früher treffen und ein wenig vorarbeiten, um so einen gewissen Ausnahmezustand zu erreichen, der es uns ermögliche, den Dingen des Abends mit beschwingtem Gleichmut entgegenzugehen.

Am 13. Januar, dem Tag des altrussischen Neujahrs, krochen Nebel durch die Kanäle, und Feuchtigkeit und Kälte hingen schwer in den Backsteinmauern der alten Häuser. Das gegenüberliegende Ufer des Giudecca-Kanals war nicht zu sehen, und die Vaporetti operierten in dickem weißen Dust und stießen jämmerliche Schreie aus. Erst wenige Augenblicke, bevor sie an der Fermata anlegten, tauchten sie wie Gespenster aus einer weißen Nebelwand auf und stießen rumpelnd in den schwankenden Ponton der Haltestation. Auch wir schwankten, als wir das Schiff im schwarzen Anzug betraten, gerieten dann aber schnell in ein perfektes Gleichgewicht, denn der Schwankende steht sicherer auf schlingerndem Grund.

Der Palazzo C. war von Fackeln illuminiert, und die erleuchteten hohen Fenster, hinter denen sich das lebhafte Schattenspiel bewegter Figuren abzeichnete, bildeten einen wunderbaren Kontrast zum nebeligen Dunkel der hereinbrechenden Nacht.

Am Eingang wurden wir von einem Herrn in schwarzer Livree begrüßt, der die Einladungskarten kontrollierte, uns die Mäntel abnahm und den Weg die Treppe hinaufwies. Wir waren etwas verspätet, und als wir in den großen Saal eintraten, nicht ohne am Eingang noch ein Gläschen Champagner abzufischen, hatten die meisten der über hundert Anwesenden an der T-förmig aufgebauten Riesentafel bereits Platz genommen. Ein würdevoll vorausschreitender Bediensteter in weißem Jackett mit Goldknöpfen und schwarzer Fliege geleitete uns an das rechte obere Ende des Tischbalkens, dort, wo man die weniger wichtigen Gäste plaziert hatte, denn wir waren weder adelig noch alteingesessen, dafür von der Giudecca, der Insel der Arbeiterklasse, der Tunichtgute und Säufer. Plötzlich stand ein barockes Kleid aus purpurrotem Samt mit feinsten Verzierungen und hochgebauschtem, krinolinenartigen Unterbau vor uns. Wie aus dem Nichts war es aufgetaucht und hätte mich beinahe erschreckt. Die Dame, die es beherbergte und die oberhalb der Hüfte in einem beeindruckend engen Korsett steckte, so daß ihre Brüste fast am Halse klebten, sprach Englisch mit gepreßtem amerikanischen Akzent, und mir dämmerte, daß das die Gastgeberin, Sergejs Frau Ruby, sein müsse. Ich stellte mich also vor, bedankte mich für die schmeichelhafte Einladung und wurde meinerseits höflich und wortreich will-kommen geheißen. Die malerisch aufgeputzte Kapelle, die am Eingang des Saales postiert war und aus fünf fal-schen Zigeunern bestand, begann einen Wiener Walzer zu spielen, und wie auf ein Zeichen drehte sich das Kleid wieder um, entblößte einen von Seidenschnüren gefessel-ten nackten Rücken und entschwebte in die Tiefe des Raumes, der vom unruhigen Licht unzähliger Kerzen er-hellt war. Die Tische selbst waren geschmackvoll und pro-fessionell eingedeckt. Zwischen edlen Blumengestecken und antiken Kandelabern standen im Abstand von je einem halben Meter ein hübsch verziertes silbernes Gefäß mit Kristallglaseinsatz, in dem sich die größte Menge Ka-viar befand, die ich je gesehen hatte, eine Flasche Wodka der russischen Prachtmarke »Standart« in stilvollem Eis-kühler, Porzellantellerchen für Blinis, Näpfchen aus ge-triebenem Silber, in denen sich eine Art saurer Sahne be-fand, dann wieder Kaviar, Wodka, Kaviar, Wodka – kein Wein und kein Wasser … Beluga, sagte Pierre, der mir schräg gegenüber Platz genommen hatte, das Feinste, was es gibt, und jetzt friß, solang der Vorrat reicht. Er schnalzte mit der Zunge und griff mit dicken weißen Fingern nach dem edlen Perlmuttbesteck. Die schwarzgekleideten Kell-ner, die ernst und aufmerksam hinter den Stühlen stan-den, wirkten wie die verlängerten Schatten der Sitzenden, die inzwischen begonnen hatten, sich gedämpft zu unter-halten. Sergej hatte ich nur kurz am Einlaß des Saales ge-sehen, er schien sich deutlich nicht mehr zu erinnern, wer ich eigentlich sei, war in einen Frack gekleidet und saß jetzt am Schnittpunkt der Tafel, dort, wo es gesellschaft-lich hoch herging. Ihm gegenüber nämlich hatte der

Conte N. Platz genommen, Sproß einer alten venezianischen Adelsfamilie, die es als eine der wenigen geschafft
hat, ihren angestammten Palazzo und anderweitigen Besitz nicht im Casino zu verspielen oder sonstwie zu verlieren, und beide waren jetzt in ein angeregtes Gespräch ver-
wickelt. Neben ihnen saßen die aufwendig gekleidete
Contessa I. M., die über 360 Wohnungen in der Stadt ihr
eigen nennt, sowie Contessa A. M. in einem phantastischen Federhütchen, deren Familie zwei Dogen hervorge-
bracht hat, darunter Tegaliano, der die Stadt von 717 bis
726 als zweiter Doge regierte. Wie edle, vom Aussterben
bedrohte Hühner auf der Stange reihten sich Architekten,
Rechtsanwälte, Schriftstellerinnen, Industrielle, Kunsthi-
storiker, Maler, Komponisten, Professoren, Ehefrauen
und Geliebte aneinander, schließlich saß da auch der
Conte V., etwas untersetzt, mit kurzgeschorenem Haar
und imposantem grauen Vollbart und unterhielt sich mit
einer großen, sehr blonden Schönheit, wie man sie gerne
im italienischen Fernsehen von Quizshows bis zum Wet-
terbericht einsetzt und deren hervorstechendstes Merkmal
ein riesiges, makelloses Gebiß hinter aufgespritzten Lippen
ist. Atalanta, Pierres Lebensgefährtin, die rechts neben mir
saß, raunte mir zu, der Vater des Conte sei Mussolinis Finanzminister gewesen, hätte die venezianische Industrie-
vorstadt Marghera aus dem Boden gestampft, nicht
schlecht dabei verdient und sei schließlich von König Vittorio Emanuele in den Adelsstand erhoben worden. Wir
stießen an, kippten ein großes Glas Wodka hinunter und
beschlossen, nichts zu tun, was die Entfaltung eines herr-
lichen Abends behindern könnte. Die Zigeunerkapelle
spielte »Serze«, einen populären russischen Tango, den

Pjotr Leschenko berühmt gemacht hatte, sicher Sergejs Wunsch. Ich blickte zu ihm hinüber, aber er war verschwunden. Conte N. hatte sich in Ermangelung seines Gesprächspartners allein über den Kaviar hergemacht und zermahlte jetzt andächtig Ei für Ei. An unserem Tisch aber trug sich folgendes zu: Neben Pierre, dessen wodkaroter Kopf eingefaßt war vom goldverzierten Rahmen eines hinter ihm hängenden Gemäldes, erschien Sergej. Er hatte einen etwa acht Jahre alten Jungen an der Hand, der den linken Arm in einem Gips trug und den er uns als seinen Sohn Alexej vorstellte. Leider sei sein Privatunterricht eben erst beendet worden, weshalb er nicht hätte früher kommen können, aber jetzt freue er sich, bei uns sitzen zu dürfen, er spreche fünf Sprachen und sei ein aufgeweckter Junge. Alexej wurde auf den Stuhl zwischen Pierre und einer älteren Dame mit spitzem Mündchen gedrückt und uns überlassen. Er lächelte in die Runde, sein Mund war viel zu groß, die Lippen grau und schlaff und die Zähne unpassend klein. Atalanta flüsterte mir zu, daß seine Weste und Jacke aus Velours und sicher von einem berühmten Designer seien, und Alexej, der sehr gute Ohren hatte, bestätigte strahlend, tutto completto di Caraceni! Pierre grinste, schob sich ein Blini mit Kaviar in den Mund und goß sich und Alexej Wodka ins Glas. Das alte Gemälde hinter ihm feierte Karneval, entrückt und farbenprächtig. Der junge Russe sprach wirklich ausgezeichnet Französisch und Englisch, sein Italienisch war beschämend gut und sein Appetit ungeheuer. Spanferkelbraten und krosse Enten wurden aufgetragen, dazu reichten die trabenden Kellner würzig zubereiteten russischen Kohl. Alexej erzählte kichernd von seinem vertrottelten Privattutor, aß einen Teller nach dem anderen, rülpste, schaute triumphierend in die Runde und goß sich Wodka nach. Im Saal war es laut geworden, die Geladenen entspannten sich unter dem Einfluß des Kartoffelschnapses, die Kapelle quälte Brahms' »Ungarische Tänze«, und einige hielten es für angebracht, sich dazu rhythmisch zu inszenieren. Die Schatten, die die illustre Gesellschaft an Wände und Decke warf, reflektierten kaum mehr ihre Bewegung, sondern begannen ein eigenes, träumerisches Leben, das vom Raume losgelöst schien und sich selbst genug war. Plötzlich beschlich mich das seltsame Gefühl, einer Szene beizuwohnen, die den Charakter des Vergangenen angenommen hatte. Dies alles schien längst passiert, und während die Dinge sich noch vor meinen Augen entfalteten, waren sie bereits Gegenstand meiner Erinnerung. Oder vielleicht der Traum eines dicken Jungen mit weißer Haut, der mir gegenübersaß und schon wieder ein Glas Wodka trank. »Du solltest aufhören, so viel zu trinken, Alexej, das ist Schnaps, und du bist ein bißchen jung für solches Zeug …« Der Junge im Caraceni-Anzug hatte kein Einsehen und erwiderte im besten Oxford English: »Excuse me, I know very well what I am doing!« Atalanta stippte die Asche ihrer Filterzigarette in die saure Sahne, und am anderen Ende der Tafel erklomm ein junger Mann in einem englischen Tweedanzug den Tisch und begann unter dem Einfluß der berauschenden Getränke oder möglicher anderer Essenzen einen dionysischen Tanz um Blumen, Kandelaber und Kaviartöpfe. Der Conte V. blickte streng, denn die wertvollen Kerzenleuchter waren aus seinem Hausstand und dem Fest großzügig zur Verfügung gestellt. Allenthalben wurden Köpfe geschüttelt, andere aber waren animiert und fingen an, rhythmisch zu klatschen. Da schaute mich Alexej an, als sähe er mich an diesem Abend das erste Mal wirklich. Seine Augen weiteten sich, und auf seinem Gesicht breitete sich so etwas wie Erstaunen aus, das sich binnen weniger Sekunden zu einem Entsetzen steigerte. Er sprach stammelnd zwei englische Wörtchen, eher zu sich und leise: »Oh boy …« Dann öffnete er langsam den Mund, riß ihn plötzlich weit auf und spie röchelnd einen Schwall bröckeliger, halbflüssiger Masse über den Tisch, über Teller mit Entenskeletten und erkaltetem Kohl, in die Kaviarbehältnisse hinein, in Blumengestecke, Wodkagläser, Aschenbecher und weiter auf Kleider und Anzüge der in der Nähe Sitzenden, die das Unglück nicht hatten kommen sehen und jetzt hilflos und fasziniert auf das blickten, was die Wucht einer Naturkatastrophe hatte. Er war wie ein frisch aufgedrehtes Kanalisationsrohr, das kurz stockte, weil ein Lufteinschluß das Weiterlaufen hemmte, um dann noch einmal und diesmal richtig und mit voller Kraft alles auszuwerfen, was sich in den letzten Stunden in seinem Inneren angesammelt hatte. Pierre war der erste, der realisierte, was passiert war. Er sprang auf, aschfahl, riß seinen Stuhl um, und alle stürzten ihm nach; die Damen rannten in die hinterste Ecke des Saales und fächelten sich ersterbend Luft zu, der Tänzer sprang erschrocken vom Tisch, einige lachten. Atalanta schlug sich den halbverdauten Kaviar vom Kleid und würgte. Zwei Kellner, die eilig herbeigesprungen waren, rissen den noch immer nach allen Seiten Spuckenden vom Stuhl, hakten ihn unter und schleppten ihn in die Küche.

Sergej und Ruby hatten kurz auf die Szene wie auf einen langweiligen Filmausschnitt geschaut und dachten offenbar gar nicht daran, einzuschreiten. Die Dame mit dem spitzen Mündchen, die im richtigen Augenblick aufgestanden war, um ihre Hände nach dem Genuß eines Entenschlegels im Erfrischungsraum wieder in den Zustand der Makellosigkeit zu versetzen, war zurückgekehrt und starrte jetzt mit offenem Mund auf einen Ort, den sie ganz anders in Erinnerung hatte. Nun wurde in Windeseile alles abgetragen, was unter Alexejs wilder Attacke Schaden genommen hatte. Fünf Kellner führten ein wirklich sehenswertes Ballett auf, hüpften, wirbelten, warfen frische Tischtücher in die Luft, die sich knallend entfalteten, jonglierten mit Gläsern und Besteck, strichen glatt, deckten ein und brachten es in kürzester Zeit fertig, daß alles wieder so aussah wie zu Beginn des Festes. Mit dem Abklingen des scharfen Geruches, der sich penetrant in der Luft gehalten hatte, kehrten auch die Geflüchteten einer nach dem anderen aus ihrem Exil zurück. Der Abend hatte bald wieder seine alte Temperatur und erhitzte sich in dem Maße, in dem Mitternacht näherrückte. Als schließlich verkündet wurde, daß das heilige Rußland in ein neues Jahr getreten sei, stoppte die Zigeunerkapelle ihr Operettenpotpourri und spielte einen Tusch. Die Kellner brachten Krimsekt und Gläser auf silbernen Tabletts, in denen eine gallertartige rote Flüssigkeit wackelte, die neue, noch nie dagewesene Geschmackserlebnisse versprach.

Ich stand am offenen Fenster und rauchte, schaute hinaus auf den Großen Kanal, auf die vibrierenden milchigen Lichter und die Schatten der Palazzi, die hinter dem Nebelvorhang auf der anderen Seite schliefen. Ich konnte nicht sagen, ob das Weiße vor meinem Mund Zigarettenrauch oder mein erfrierender Atem war. Ich wußte nur:

Alexej hatte mich voll getroffen. Mein schwarzer Nadel-streifenanzug, der die letzten siebzig Jahre unbeschadet überstanden hatte, war zumindest für die Dauer dieses Abends ruiniert. Beim Versuch, den Unrat mit einer Serviette loszuwerden, hatte ich ihn ins Gewebe geschmiert und mich so nebenbei meiner Gesellschaftsfähigkeit beraubt. Auch im Badezimmer, dessen Decke ein Gemälde mit musizierenden Engeln verzierte, war nichts zu machen gewesen. Ich stank wie ein Teufel, und alles schnüffelte, wenn ich mich auch nur einen Meter vom Fenster wegbewegte.

Ich beschloß, diesem demütigenden Zustand ein Ende zu bereiten und brach auf. Alexej war inzwischen zurückgekehrt und ruhte jetzt wie ein ermatteter Prinz auf einem riesigen Sofa in der Nähe der Tür, die zum Treppenhaus führte. Er hatte einen dunkelblauen Seidenkimono an, und auf seinem weichen Thron hielt er Hof, umlagert von einem Staat alter Schachteln, die ihm huldigten und mitleidvoll die blassen Wangen tätschelten. Vor dem Absatz der großen Marmortreppe, die zum Ausgang führte, befand sich rechter Hand eine Tür, die jetzt offenstand. Im Inneren eines holzvertäfelten, mit prächtigem Deckenstuck verzierten Raumes saß der mir bekannte, aus einer der ältesten venezianischen Familien stammende Architekt F. mit einer Gruppe jüngerer Männer vor einem Turm aus kleinen Holzbalken, der auf einem Salontisch-chen aufgebaut war. Es war ein Spiel, das ich oft in Venedig gesehen und auch einige Male mitgespielt hatte. Dem Turm wurden reihum und Stück für Stück die Hölzchen entzogen, und es war darauf zu achten, daß seine Statik auch weiterhin funktionierte. Derjenige, der die fragile

Konstruktion schließlich zum Einsturz brachte, hatte verloren und mußte zahlen. Ich war schon auf der Treppe, als der Turm hinter mir nachgab und polternd in sich zusammenstürzte.

An der Haustür nahm ich meinen Mantel entgegen. Einige wilde, schwarz geschminkte junge Frauen, die einem Pitigrilli-Roman entsprungen schienen, drängten an mir vorbei, hüpften wie beschwipste Krähen die breite Treppe hinauf und verschwanden im Qualm und Lärm eines aus dem Ruder laufenden Festes. Ich lief hinaus in den Nebel, der herrlich erfrischend war, erreichte bald den Campo San Barnaba, dessen Kirche im weichen Licht der Laternen träumte, und erwischte am Zattere glücklich das Nachtboot über den Giudecca-Kanal. Im Kühlschrank befand sich kurioserweise noch ein Fläschchen Wodka, und ich ging ins Wohnzimmer, um eine Schallplatte aufzulegen. Als ich mit dem Schnapsglas am Fenster stand, trieb ein Wind den dichten Nebel für einen Augenblick auseinander.

Es stimmt wohl: Das Leben ist unberechenbar und hat Launen. Die Tage vergehen und niemand kann sie uns zurückbringen. Heute noch ein Fest und morgen schon die Totenfeier. He, Freund Gitarre, warum klingst du so wehmütig? Noch ist es nicht an der Zeit, mich zu beweinen ... Leschenko singt, und durch den milchigen Dunst der Winternacht schimmert die Kuppel der Salute-Kirche sanft zu mir herüber.

Epilog

Nachzutragen wäre noch, daß Sergej ein halbes Jahr später mit einem russischen Fotomodell durchbrannte und seine Familie lange nichts mehr von ihm hörte. Schließlich rief er seine Frau an und lud sie zu einem klärenden Gespräch nach Palermo. Mit bebendem Herzen flog Ruby ihrem Ehemann entgegen, der sich aus Sizilien jedoch gar nichts machte. Er hielt sich in Venedig auf, verschaffte sich Zugang zur gemeinsamen Wohnung, nahm mit, was ihm wertvoll schien, und begab sich zur Bank, um dort einen Betrag abzuheben, mit dem er eine russische Kleinstadt hätte kaufen können. Um sich vor rabiaten amerikanischen Rechtsanwälten zu schützen, überschrieb er den gesamten Betrag seiner neuen Freundin, die das Geld gerne nahm und damit auf Nimmerwiedersehen verschwand. Ruby wurde von ihrer Familie in die USA zurückbeordert, Sergej lebt heute mittellos in London und trägt einen Vollbart.

VENEDIG LIEGT AM
SCHULTERBLATT

Venedig ist überall. Kaum ein Städtchen unseres Landes,
in dem die Serenissima nicht einen Stützpunkt unter-
hielte, um ihre Geschäfte zu machen. Kein Handel mehr
im großen Stil, wie ihn die Stadt im Mittelalter zu höchster Blüte brachte, nein, das eher bescheidene Geschäft
mit Speiseeis, einer verderblichen Ware, deren Wert jah-
reszeitenabhängig ist und die in heißen Sommern einen
vorzüglichen Gewinn abwirft. Irgendwann in den fünfziger Jahren gingen das gefrorene Nahrungsmittel und die
Lagunenstadt eine Verbindung ein und sind zu einem Er-
folgspaar geworden, dem selbst der Umstand, daß dort die
mit Abstand schlechteste Eiscreme Italiens produziert
wird, nichts anzuhaben vermag. Venedig steht für mediter-
rane Romantik, lichte Sommertage, leibliches Wohl, und
es wird kaum gelingen, eine Eisdiele zu finden, die nicht
»Venezia«, »San Marco«, »Rialto« oder wenigstens »Lido«
heißt. In Italien selbst ist es oft der Vor- oder Familien-
name des Betreibers, der dem Geschäft seinen Namen gibt.
Es heißt dann »Nico« oder »Causin« oder einfach nur
»Gelateria«.

In Modena, einer Stadt der Emilia Romagna, deren Ruf
sich vornehmlich auf die Herstellung von Parmesankäse,
Balsamessig und teuren Sportwagen gründet, befand sich
am Ende der Via S., gleich vor einer Tankstelle, die einen
feuerspeienden Wolf im Firmenschild führt, ein kleiner
Eissalon, der nach seinem Besitzer »Gelateria Rosso« hieß.

Arturo Rosso, der kurz nach dem Krieg zur Welt gekommen war, betrieb sie allein und mit beträchtlichem Erfolg, denn sein Eis, das er sorgfältig und ausschließlich aus frischen Früchten herstellte, besaß in der ganzen Stadt einen hervorragenden Ruf. Er hatte das Geschäft in den frühen siebziger Jahren von einem gewissen Peppino Piselli übernommen, dessen rechter Arm beim Säubern der für die Eisherstellung benötigten Gerätschaften in eine Rührmaschine geraten und dabei abgetrennt worden war.

An einem heißen Sommerabend des Jahres 1980 betrat ein seltsam übertriebener Mensch Arturos Laden. Schon der Wagen, den er mit laufendem Motor auf der Straße stehenließ, war zu breit und zu rot, sein Gang hüpfend, so daß er fast durch die Tür sprang und man die roten Socken sehen konnte, die aus schwarz-weißen Schlangenlederschuhen ragten. Sein Anzug war hellgrün, sein Hemd rosa, gelb die Krawatte, und der Hut, der auf einem kleinen, runden Kopf steckte, lächerlich hoch. Die Augen hielt er hinter einer verspiegelten Sonnenbrille versteckt, und in seiner rechten Hand schaukelte ein schwarzer Lederkoffer mit silberfarbenen Beschlägen. Arturo hatte den Tag über alle Hände voll zu tun gehabt, jetzt war das Café leer, und er lehnte erschöpft an der Theke. Er genehmigte sich einen Grappa und überlegte eben, ob er sich nicht im nächsten Sommer eine Klimaanlage zulegen sollte, als der Mensch, nachdem er sich kurz umgeblickt hatte, sein Wort an ihn richtete: »Einen ganz hervorragenden Laden hast du da, mein Lieber, ganz hervorragend! Nun ja, die Lage ist nicht gerade berauschend und auch die Einrichtung könnte man verbessern, müßte man sogar, müßte man ...« Er lachte und sein Mund strahlte im Glanz unzähliger vergoldeter Zähne. »Also hör gut zu, mein Freund, ich mache dir einen Vorschlag. Ich kaufe dir deinen Laden ab, und du fährst ans Meer und legst dich an den Strand!« Arturo glaubte, der Mensch vor ihm erlaube sich einen Witz, und lächelte. »Nun, wie denkst du darüber?« hakte der Fremde nach. Aber Arturo war sprachlos und klapperte mit den Augenlidern, wie er es immer tat, wenn er nicht wußte, was er sagen sollte. Sein Lächeln verzog sich zu einem Grinsen und gefror, denn er verspürte plötzlich so etwas Unsinniges wie Angst; er wollte sein Geschäft nicht verkaufen, ganz und gar nicht, wie käme er auch dazu, er hatte es erfolgreich gemacht, und wenn er neben seiner Mutter irgend etwas liebte, dann war es seine Arbeit. »Mein Freund«, sagte da der Fremde, »nenn mir einen Preis, egal wie hoch, ich werde ihn bezahlen!« Arturo versuchte den Menschen abzuwimmeln, indem er ihn darauf hinwies, daß er keine Zeit hätte und aufräumen und spülen müsse, er bemühte auch noch andere, zum Teil rührend ungeschickte Gründe. Doch der Fremde blieb unbeeindruckt: »Mach es mir nicht so schwer, mein Lieber, denk dir einen Preis aus und verdoppele ihn in deinem Kopf!« Arturo war vollkommen verwirrt, und ihn beschlich das böse Gefühl, daß alles, was er sagen oder unternehmen würde, sinnlos war und er schon längst verloren hatte. Da er sich fürchtete, den Fremden einfach vor die Tür zu setzen, nannte er ihm schließlich eine Summe, die er für so phantastisch hielt, daß er hoffen durfte, ihn auf der Stelle wieder loszuwerden. Der Unheimliche jedoch verzog keine Miene, ging zur Tür, drehte den Schlüssel um, der von innen im Schloß steckte, und winkte Arturo an einen Tisch im hinteren Teil des Cafés. Dort öffnete er seinen Koffer und begann Schein für Schein und Bündel für Bündel auf den Tisch zu zählen, bis ein Berg Geld dalag, so groß, wie ihn keiner von uns je gesehen hat.

So kam es, daß Arturo Rosso an einem Sommerabend im Juli sein Geschäft loswurde, keine Arbeit mehr hatte und reich war. Er fuhr ans Meer und dachte darüber nach, was nun werden sollte. Seiner Mutter konnte er unmöglich erzählen, was ihm Seltsames zugestoßen war. Sie liebte ihn und hätte nie verstanden, daß er etwas getan hatte, was ihn ihrer Nähe und mütterlichen Kontrolle entziehen würde. Sein Vater war schon etliche Jahre tot. Er hatte ihn bewundert, noch mehr aber gefürchtet, denn er war anders als alle Väter, die er kannte. Arturos Vater war das, was man als einen schönen Mann bezeichnet. Er hatte ein schmales, feines Gesicht, in dem dunkle, ausdrucksvolle Augen träumten, makellose Zähne hinter wohlgeformten Lippen und dichtes, pechschwarzes Haar, das er streng nach hinten kämmte. Fiel ihm eine Strähne in die Stirn, so strich er sie mit solch unwiderstehlicher Geste zurück, daß es mancher Frau, die ihn dabei beobachtete, schier den Atem verschlug. Er trug cremefarbene Anzüge, die er sich in Neapel schneidern ließ, war umtriebig und unterhaltsam; wenn er trank, fing er an zu singen, und seine schöne, natürliche Tenorstimme verschaffte ihm Respekt und Bewunderung. Die Herzen der Frauen flogen ihm zu, und das wußte auch Arturos Mutter, die ihren Mann so liebte, daß sie ihm auch dann noch verzieh, wenn er den Bogen schon längst überspannt hatte.

Es war der ganze Stolz der Familie Rosso, daß man schon in der zweiten Generation für Enzo Ferrari arbeitete. Arturos Großvater hatte bereits 1919 an Ferraris erstem Rennwagen mitgetüftelt und war später Kraftfahrzeugschlosser der Scuderia Ferrari, die als Werksteam von Alfa Romeo erfolgreich Autorennen fuhr. Als Ferrari 1946 seine im Weltkrieg zerstörte Werkstatt wieder aufbaute und ein Jahr später als eigenständige Marke begründete, war Arturos Vater selbstverständlich eingestellt worden und arbeitete dort zusammen mit seinem Bruder als Mechaniker. Es kam einer vollkommenen Katastrophe gleich, als er eines Tages und für ihn völlig überraschend den Bescheid erhielt, daß er fristlos entlassen sei. Von da an gab es kein Halten mehr, er fing an, unmäßig zu trinken, blieb tagelang fort, und tauchte er wieder auf, war er unausstehlich, brüllte und hieb mit der Faust auf den Tisch, wenn das Essen nicht pünktlich aufgetragen wurde. Arturos Mutter arbeitete in einer der großen Käsereien der Stadt, nachts flickte sie Kleidungsstücke von Leuten aus der Nachbarschaft, um das ausschweifende Leben ihres Gatten zu finanzieren und die Familie über Wasser zu halten. Sie wurde immer stiller, weinte viel, und eines Tages holte sie ihren Sohn aus der Schule, nahm ihn bei der Hand und zerrte ihn wortlos durch die engen Gassen der Stadt. Arturo hatte keine Ahnung, was seine Mutter vorhatte; er war inzwischen fast zehn Jahre alt, hatte zu lange Arme, zu große Hände, eine schlechte Körperhaltung und einen Silberblick, der ihm etwas rührend Weltfremdes verlieh. In einer Seitengasse nahe der Piazza Grande machte sie halt und wies auf ein düsteres vierstöckiges Gebäude, das sich hinter einem winzigen Vorgarten erhob. »Siehst du das offene Fenster, Arturo? Da steig hinein und sei leise, daß dich niemand hört. Wenn du deinen Vater siehst, hol ihn heraus. Sag, ich muß mit ihm sprechen!« Sie weinte.

Arturo stand mit offenem Mund neben ihr und war vollkommen durcheinander, aber da er sah, wie verzweifelt seine Mutter war, nahm er an, daß sich in dem Haus etwas Schreckliches abspielte und er seinen Vater retten müßte. Vielleicht verbarg sich hinter diesen Mauern ja auch ein Geheimnis, und er würde endlich erfahren, weshalb sich sein Vater in letzter Zeit so sehr verändert hatte. Als er über den Zaun kletterte, zerriß er sich die Hose. Erschrocken sah er zu seiner Mutter hin, da sie ihm aber ein Zeichen gab, weiterzumachen, schleppte er eine Mülltonne unter das geöffnete Fenster und stieg vorsichtig in das Haus hinein. Zuerst konnte er nichts erkennen, dann schälten sich verschiedene Gegenstände aus dem Dunkel, und er bemerkte, daß er in einer Küche stand. Auf Zehenspitzen schlich er zur offenen Tür und blickte in einen finsteren Flur. Plötzlich vernahm er ganz sonderbare Laute, die aus einem der angrenzenden Zimmer drangen. Es war ein Gurgeln, Schluchzen, Schreien, Stöhnen, Gewieher und Gekicher. Arturo fühlte sich an die Geräusche erinnert, die die lustigen Figuren in den amerikanischen Zeichentrickfilmen von sich gaben, die er erst vor kurzem im Kino gesehen hatte. Als er in den Flur hineinging, hielten sich Angst und Neugier die Waage. Schritt für Schritt tastete er sich vorwärts, bis er schließlich vor der Tür stand, hinter der sich deutlich hörbar etwas abspielte, von dem er nicht die geringste Ahnung hatte, was es sei. Sein Herz klopfte bis zum Hals, als er versuchte, die Tür aufzudrücken. Er fand sie nur angelehnt und öffnete sie vorsichtig so weit, daß er seinen Kopf ins Zimmer schieben konnte. Im spärlichen Licht, das durch die Fensterläden fiel, sah er eine blonde Frau auf einem Bett knien. Sie war vollkommen nackt, hielt ihre Hände auf jemanden gestützt, der unter ihr im Schatten lag, hatte den Kopf nach hinten geworfen und bewegte sich rhythmisch auf und nieder. Sie stöhnte und stammelte unverständliche Worte, während der Schatten unter ihr nur hin und wieder ein Grunzen von sich gab. Plötzlich schrie er auf und herrschte sie an, sich nicht so heftig auf ihn zu setzen, er sei schließlich aus Fleisch und Blut und nicht aus Eisen. An der Stimme erkannte Arturo sofort, daß es sein Vater war. Die weibliche Person aber, die auf ihm saß, war niemand anderes als Marcella, die dralle Frau des Eisdielenbesitzers Piselli, dessen Laden sich ganz in der Nähe der elterlichen Wohnung befand. Sie beugte sich hinunter, küßte den Schatten, der Arturos Vater war, flüsterte ihm Worte zu, deren Sinn Arturo nicht verstand, und wühlte mit den Fingern in seinem Haar. Als sie sich wieder aufrichtete, fiel ein Sonnenstrahl durch eine Ritze des Fensterladens und beleuchtete ihre Brüste, die riesig waren und mit jeder Bewegung ihres Körpers auf und nieder wippten. Gleichzeitig begannen die mächtigen Glocken des nahen Domes San Geminiano zu schlagen, um die Christenmenschen zu ermahnen, sich für einen Augenblick Gott zuzuwenden und innere Einkehr zu halten. Arturo wußte, daß es zwölf Uhr war, und da Marcella für einen Augenblick zu ihm herübersah (zumindest schien es ihm so), zog er den Kopf rasch zurück und beschloß, die Wohnung auf demselben Wege wieder zu verlassen. Draußen erzählte er seiner Mutter nichts von dem, was er gesehen hatte. Er schämte sich und hätte nie die Worte gefunden, zu beschreiben, was in der dunklen Kammer vorgegangen war. Und er wollte seinen Vater nicht verraten, auch wenn es offensichtlich war, daß er seiner Mutter sehr weh tat. Er liebte beide und wußte nicht, wie man sich in einer solchen Situation am besten verhielt. Den Rest des Tages verbrachte er damit, darüber nachzudenken, was er erlebt, und vor allem, was es zu bedeuten hatte. Er hatte etwas Verbotenes gesehen, soviel schien klar. Sein Vater und diese Marcella hätten sich doch sonst nicht am hellichten Tag in einem dunklen Zimmer versteckt wie Diebe! Warum sie aber ohne ein einziges Kleidungsstück auf ihm herumgeritten war und er es sich gefallen ließ, verstand er nicht. Und daß ausgerechnet sie die ganze Zeit geschrien hatte, war ihm ebenfalls ein Rätsel; im Falle seines Vaters hätte er es schon eher eingesehen, denn wenn sich jemand von der Leibesfülle Marcellas auf einen herabsenkte, dann mußte man ja irgendeinen Laut von sich geben. Oder hatten die beiden sich mit einem Spiel beschäftigt, das nur Erwachsene spielten, wenn sie etwas Verbotenes taten? Warum aber mit einer fremden Frau und nicht mit seiner Mutter? War sein Vater vielleicht krank oder verrückt und brauchte Hilfe und Marcella auch? Arturos Kopf drehte sich wie ein Karussell, auf das die Gedanken aufsprangen, um ein Weilchen im Kreise zu fahren und dann wieder anderen Platz zu machen. In der Nacht konnte er nicht schlafen und starrte lange an die Zimmerdecke. Da schlugen die Glocken von San Domenico die zwölfte Stunde, und sofort sah er wieder Marcella vor sich, ihren nackten Leib, das blonde Haar, den magischen Lichtstrahl auf ihren Brüsten und die stete Bewegung ihres Körpers, als wollte er sich in die Luft erheben und davonfliegen. Er hatte einen Engel gesehen! Auf den großen, dunklen Gemälden, die in den Kirchen der Stadt hingen und vom

Leben Christi erzählten, schwebten immer irgendwo am Rande Engel in den Lüften, und sie alle sahen aus wie Marcella, mit dem einzigen Unterschied, daß sie vielleicht ein wenig feingliedriger waren. Natürlich, das war es! Er hatte ein geheimes, religiöses Ritual beobachtet, in das er vielleicht selbst irgendwann einmal eingeführt würde und an das er jetzt in einer Mischung aus Entzücken und Schauder zurückdachte.

Am nächsten Tag war er in der Schule noch abwesender als sonst. Es dauerte eine halbe Ewigkeit, bis er den befreienden Klang der Glocke vernahm, die das Ende seiner morgendlichen Gefangenschaft verkündete. Er rannte in die Kirche von San Agostino, um dem Durcheinander in seinem Kopf Abhilfe zu verschaffen, denn er hatte das undeutliche Gefühl, daß ihm dort vielleicht etwas widerfahre, das ihm weiterhelfen würde. Es war fast ein Uhr, und da alle Modenesi zu dieser Zeit vor ihren dampfenden Pastaschüsseln saßen, fand er das Gotteshaus menschenleer und still. Arturo stellte sich vor eine Madonnenstatue, die sich in der Apsis rechts vom Hauptaltar befand, und lächelte sie voller Erwartung an. Sie lächelte zurück, sanft und verständnisinnig, und streckte ihm die rechte Hand entgegen, als wollte sie die seine ergreifen, die linke aber lag auf ihrer Brust. Da fingen die Glocken im Campanile an zu schlagen, das Lächeln auf ihrem Gesicht wurde breiter, das Läuten schwoll an, und plötzlich schien es Arturo, als rege sich ihre linke Hand, ja ihr ganzer Körper begann sich auf einmal zu bewegen, der lichtblaue Umhang mit der goldenen Borte flatterte auseinander, deutlich kniff sie ein Auge zu, dann öffnete sie den Mund, entblößte ihre schönen Zähne – und Arturo ergriff die Flucht. Als er wieder zur Besinnung kam, stand er vor dem großen Fenster der »Gelateria Piselli«. Er hatte keine Ahnung, wie er dort hingeraten war. Marcella stand mit ihrem Mann hinter der Theke im Inneren des Cafés und bediente ein paar Kunden. Eben beugte sie sich hinunter, um einem der gekühlten Behältnisse etwas Eis zu entnehmen, als ihr Blick auf Arturo fiel, der sie durchs Fensterglas anstarrte und das Gefühl hatte, ihre beiden Brüste könnten jeden Augenblick wie zwei riesige Kugeln Vanilleeis aus dem Ausschnitt ihres Kleides hinein ins Eisfach rollen. Sie lächelte ihn an, verlangsamte ihre Bewegungen, wodurch sie noch weicher wirkten, und während sie das Eis in einen silbernen Kelch drückte und mit einem Sahnehäubchen versah, ließ sie ihn nicht aus den Augen. Schließlich drückte sie Peppino die Bestellung in die Hand, richtete sich hoch auf, stemmte die Hände in die Hüften (was sie noch stattlicher machte) und ließ Arturo mit einer knappen Kopfbewegung wissen, daß er hereinkommen solle. Drinnen tätschelte sie seine Wangen, strich ihm übers Haar und fragte, welches Eis er am liebsten äße. Mit tonloser Stimme bestellte sich Arturo zwei Kugeln Vanilleeis, die sie ihm lächelnd in eine Waffeltüte tat. Dann wollte sie wissen, wie es seinem Vater ginge, aber als sich ihr Mann näherte, wechselte sie das Thema. Arturo stand noch lange da, schleckte sein Eis, sprach kein Wort und beobachtete den blonden Engel Marcella in ihrem engen Kleid, das die Farbe frischer, roter Erdbeeren hatte. Irgendwann fing das Eis in seiner Tüte an zu schmelzen und lief ihm über die Hand. Er merkte es nicht, denn er sah immer noch gebannt auf Marcella, die hinter der Theke schwebte, durch das kleine Café flatterte und ihm zuwinkte. Als die Glocken von San Domenico zu läuten begannen, packte ihn jemand am Ohr. Es war sein Vater, der hinter ihm stand, ihn ohrfeigte und nach Hause schickte.

Am nächsten Tag aber war Arturo wieder zur Stelle; nach der Schule hatte er sein Mittagessen zu Hause eingenommen, doch anstatt wie die anderen Kinder Fußball zu spielen, ging er zu den Pisellis und glotzte durch die Fensterscheibe. Marcella winkte ihn herein, drückte ihm ein Tablett mit Kaffee und einem Eisbecher in die Hand und schickte ihn an einen Tisch mit zwei alten Damen. Arturo war stolz und erledigte seine Aufgabe vorbildlich. Den Rest des Nachmittags bediente er die Kunden der Pisellis, und am Abend gab ihm Peppino etwas Geld, und Marcella drückte ihn an ihre Brust. Arturo war selig.

Von nun an verging kein Tag, an dem er nicht für die beiden arbeitete, und er spürte deutlich, daß sie ihn mochten. Da sie selbst keine Kinder hatten, behandelten sie ihn bald wie ihren eigenen Sohn, und es dauerte nicht lange, bis Peppino ihm seine chromblitzenden Geräte zeigte, die sich in einem kleinen Raum hinter dem Café befanden, und ihn in die Kunst der Herstellung köstlichen Speiseeises einführte. Im darauffolgenden Sommer kam Marcella ums Leben, als sie beim Überqueren der Straße von einem roten Sportwagen erfaßt und gegen eine Hauswand geschleudert wurde. Der Fahrer flüchtete, und Arturo, der neben der Sterbenden auf dem Trottoir kniete und ihre Hand hielt, schien es, als wollte sie ihm ihr Geheimnis preisgeben, doch noch bevor sie etwas sagen konnte, flog ihre Seele auf dunklen Schwingen davon.

Ein paar Jahre gingen dahin, und Arturo war nicht mehr aus der Gelateria Piselli wegzudenken. Er hatte inzwischen seinen Volksschulabschluß gemacht, war immer noch klein und schmächtig, ging ein wenig nach vorn gebeugt, und seine Körperhaltung war die eines Menschen, der beständig auf etwas zu warten schien. Peppino, der nach dem Tod seiner Frau noch weniger sprach als ohnehin, hatte ihn fest eingestellt und ihm weitreichende Aufgaben übertragen. Bald machte Arturo das beste Speiseeis der Stadt, und die Leute kamen von weit her, um seine »Coppa Marcella« zu genießen, die aus zwei großen Kugeln Vanilleeis von unnachahmlich sahnigem Geschmack bestand und mit Erdbeeren belegt war, deren Aroma jede Vorstellungskraft sprengte.

Kurz nachdem der erste Mensch den Mond betreten und den Trabanten entweiht hatte, verlor Peppino Piselli seinen rechten Arm und lag lange Zeit im Krankenhaus. Er setzte Arturo zu seinem Erben ein, und als er wenig später an einer Blutvergiftung starb (im selben Jahr übrigens, in dem auch Arturos Vater in die Ewigkeit einging), war Arturo der stolze Besitzer eines Eiscafés, das ihm und seiner Mutter ein sicheres Einkommen bescherte.

Jetzt aber, neun Jahre später, hatte ihm ein sonderbares Schicksal alles wieder genommen, er saß am Strand von Levanto, blickte aufs Ligurische Meer, und seine Gedanken trieben hinaus und tanzten wie winzige Schaumkronen am Horizont. Er dachte an elfenbeinfarbene Vanilleeiskugeln, mit denen jener unselige Mensch, der ihn um sein Geschäft gebracht hatte, Billard spielte. Dabei kicherte er, streckte ihm die Zunge heraus und rief: »Ich komme wieder, warte nur, ich komme wieder!« Dann entstieg den Wellen das Bild seiner Mutter, die sich sehnlichst einen Enkel wünschte, immer wieder sprach sie ihn darauf an,

aber obwohl er sich einen schmucken Schnurrbart hatte wachsen lassen, beim Gehen die Brust herausdrückte und Duftwässer aller Art probierte, sahen ihn die Mädchen nicht an, und wenn, dann lachten sie, hakten sich unter und bogen kichernd um die nächste Ecke.

Arturo bohrte seine Zehen in den Sand und spürte, wie ihn eine tiefe, sinnliche Müdigkeit überkam, die doch nichts anderes war als Trauer und die Furcht vor allem, was nun kommen würde. Da schlugen die Glocken von einem der levantinischen Kirchtürme und schreckten ihn auf. Der Strand hatte sich gefüllt, und um ihn herum lagen Menschen auf ihren Handtüchern im Sand, blonde Frauen mit bronzefarbener Haut und entblößten, viel zu hellen Brüsten, die wie Spiegeleier in der Sonne brieten. Wenn sie etwas sagten oder Richtung Wasser riefen, klang es seltsam hart und abgehackt. Sicher waren sie aus dem Norden und ihrer Sprache nach zu urteilen vielleicht aus Deutschland. Arturos Herz begann schneller zu schlagen, ihm wurde heiß (als einziger am Strand war er völlig bekleidet), er zog seine Schuhe an, stand auf und lief zwischen den halbnackten Leibern hindurch zurück ins Städtchen.

Als er am Abend wieder in Modena eintraf, hielt ihm seine Mutter ein Telegramm entgegen. Er riß es mit klopfendem Herzen auf. Vor einer längeren Telefonnummer stand folgendes zu lesen: »Lieber A., habe gehört, Du bist frei. Komm nach Hamburg. Wir machen Eis. Ruf mich an. Federico.« Arturo spürte, wie ihn ein warmes, befreiendes Gefühl durchlief; Federico war sein einziger Freund in der Schule gewesen, sie hatten viel zusammen gelacht, denn alles, was Federico in Angriff nahm, ging irgendwie schief, und noch aus dem größten Unglück schlug er komische Funken. Dafür liebte ihn Arturo, nur wunderte er sich jetzt, woher sein Freund wußte, daß er das Eiscafé verkauft hatte. Am nächsten Morgen lief er zur Post und rief in Hamburg an, einer Stadt, von der er nicht die geringste Ahnung hatte, wo sie lag. Wieder zu Hause, nahm er all seinen Mut zusammen und erklärte seiner Mutter mit sanften Worten, daß er die Gelateria verkauft hätte, für einige Zeit nach Deutschland ginge, sie sich aber keine Sorgen machen müsse, denn er käme bald wieder zurück, und für alle Fälle befände sich ein großer Geldbetrag in der Keksdose auf dem Küchenschrank. Arturos Mutter schlug die Hände über dem Kopf zusammen und brach in Tränen aus. Aber schon am darauffolgenden Tag fuhr Arturo mit der Eisenbahn über München nach Hamburg. Er hatte nur einen Koffer dabei.

Federico, der ihn am Bahnhof abholte, wohnte in einer Straße, die den seltsamen Namen »Schulterblatt« trug. Sie war nach einem Wirtshaus benannt, das einen bemalten Walfischknochen als Schild benutzt und in alter Zeit an dieser Stelle gestanden hatte. Bald nach der Schule war sein Freund auf Anraten eines Verwandten nach Hamburg gegangen, hatte erfolglos alles mögliche versucht, bis er schließlich einen Eissalon eröffnete, den er nach dem venezianischen Schutzpatron »San Marco« nannte. Da er aber sein Eis mit Hilfe eines Aromapulvers herstellte, das er von einer Firma aus Bologna bezog, hatten Geschmack und Aussehen etwas Chemisches, und es war kein Wunder, daß ihm die Kundschaft wegblieb. Arturo sah alle Schwachstellen in Federicos Unternehmen und nahm die Sache in die Hand. Er war selbst erstaunt, mit welcher Energie und

Freude er es umkrempelte und innerhalb eines Sommers auf Erfolgskurs brachte. Zweimal in der Woche fuhr er in die Markthallen, die im Süden der Stadt lagen, und kaufte die frischesten und delikatesten Früchte, deren er habhaft werden konnte. Schon im darauffolgenden Jahr strömten die Kunden, und es waren viele blonde Frauen darunter, die so hoch gewachsen waren, daß er ihnen nur bis an die Brust reichte. Er hatte das untrügliche Gefühl, daß ihm eines Tages die Richtige begegnen würde, sicher suchte sie schon und müßte nur noch den Weg zu ihm finden. Natürlich war sie blond und mindestens so prächtig gebaut wie Marcella. Sie würde strahlend zur Tür hereinkommen und mit ihr der Klang der Glocken von Sankt Michaelis, den der Ostwind herübertrug und der das Eiscafé »San Marco« in eine Basilika verwandelte, die sie feierlich durchschritten, um vor einem prunkvollen Altar Mann und Frau zu werden.

Arturo beschloß, in Hamburg zu bleiben, und kaufte das Unternehmen von Federico, der auf der Stelle nach Italien verschwand. Nach eingehender Renovierung gab er ihm einen neuen Namen, in dem Sonne und Schönheit seines Vaterlandes leuchten sollten, und er nannte es »Eiscafé Venezia«.

Von nun an begann Arturo zu warten. War wenig oder kein Betrieb, stand er hinter der Eingangstür seines Cafés und schaute hinaus auf das regennasse Kopfsteinpflaster des Schulterblatts (er fand, daß es hier ständig regnete). Hin und wieder schob sich ein vorbeifahrendes Auto zwischen ihn und die graue Häuserfront auf der anderen Straßenseite und spritzte Pfützenwasser an die Scheibe vor seinem Gesicht. Dann verengte sich sein Blick auf einen der Wassertropfen, und er beobachtete, wie er langsam, dann immer schneller das Glas hinunterlief und seine feste, runde Form verlor.

Ich war 1987 in diese Gegend der Stadt gezogen und lebte in einem kleinen, verwunschenen Haus, das in einem Hinterhof stand und einmal das Bürogebäude des ersten motorisierten Droschkenunternehmens in Hamburg gewesen war. Bis zu Arturos Café war es nicht weit, man ging nur eine kleine, mit gründerzeitlichen Häusern gesäumte Straße hinunter und betrat am altehrwürdigen »Concerthaus Flora« hamburgisches Territorium. Venedig lag gleich rechts am Schulterblatt und gehörte noch zu Altona, denn die offizielle Grenze beider Städte verlief bis 1937 genau in der Mitte der Straße. Am Tag, als die »Flora«, die einmal ein Varieté von Weltrang gewesen war, bis auf ihr säulenverziertes Vorderhaus abgerissen wurde, betrat ich Arturos Eiscafé das erste Mal. Es war ein früher Abend im April, er stand mit einer blonden Frau am Tresen und trank Grappa, eine Spirituose, die er schätzte, weil sie ihn mit seiner Heimat verband und darüber hinaus eine angenehm lockernde Wirkung hatte. Galant beugte er sich über ihre Hand, berührte sie mit seinen Lippen und arbeitete sich Kuß für Kuß den Oberarm hinauf. Als er ihre Schulter erreicht hatte, wies sie ihn höflich darauf hin, daß sie verheiratet sei. Er hielt kurz inne, klapperte verliebt mit den Augenlidern und ließ sie wissen, daß sie sich keine Sorgen machen solle, er sei nicht im mindesten eifersüchtig. Dann sprang er auf und tanzte durch sein Café, als wäre er Totò, der quirlige neapolitanische Filmkomiker mit der langen Nase und den traurigen Augen, hüpfte kichernd hinter die Theke, braute mir einen Kaffee, schenkte sich einen Grappa nach und sang: »Siamo ragazzi di oggi e non pensiamo à domani, perquè siamo peggio degli Americani!«[1] Als er sah, daß die Dame seines Herzens seine Einlage genutzt hatte, um unauffällig zu verschwinden, wurde er schlagartig still, und sein Gesichtsausdruck verwandelte sich in den eines Kindes, das jeden Augenblick in Tränen auszubrechen droht. Mit hängendem Kopf schlich er zur Tür, sah hinaus auf die dämmrige Straße und kümmerte sich um nichts mehr.

In den darauffolgenden Jahren war ich regelmäßiger Gast in Arturos Café, und immer wieder beobachtete ich mit Staunen, wie sich seine langsam verdüsternde Seele in Anfällen überdrehter Ausgelassenheit Luft verschaffte und die Herzen aller Gäste mit sich riß.

Im Sommer 1999 hielt ich mich kurze Zeit in Venedig auf, um den Kauf unserer Wohnung vorzubereiten, und war in einem kleinen Hotel in Dorsoduro abgestiegen. In der Nacht des 20. auf den 21. Juli hatte ich einen sonderbaren Traum. Ich sah Arturo in einer weißen Schürze und mit einem Putzlappen in der Hand hinter der Glastür seines Cafés stehen. Mit entsetzten Augen starrte er hinaus auf die Straße, und in der Spiegelung der Scheibe erblickte ich einen altmodischen roten Sportwagen, dem ein Mann entstieg, der kurios gekleidet war und einen schwarzen Lederkoffer trug. Mit raschen, federnden Schritten überquerte er die Straße, sein Abbild wurde immer größer, schließlich riß er den Mund auf (er war voll goldener Zähne), lachte, dann nahm er die Sonnenbrille vom Ge-

---

1 Wir sind Jungs von heute und denken nicht an morgen, weil wir noch schlimmer sind als Amerikaner!

sicht, und ich sah, daß da, wo seine Augen hätten liegen sollen, nur schwarze, tiefe Löcher waren. Arturo stand regungslos, war weiß wie seine Schürze und schien einer Ohnmacht nahe. Da trat eine Gestalt aus der Tiefe des Raumes hinter seinen Rücken und berührte sanft seine Schulter. Arturo fuhr herum, es dauerte zwei, drei Sekunden, bis er begriff, daß es Marcella war, und mit einem matten Aufschrei sank er an ihre Brust. Sie hielt ihn fest, streichelte seinen Kopf, dann nahm sie ihn bei der Hand, und sie verschwanden in der Spiegelung der Glasscheibe. Deutlich und in kräftigen Farben zeigte sich jetzt darin der rote Sportwagen, der kurz zurücksetzte, und als er mit aufheulendem Motor aus dem Bild schoß, erwachte ich.

Anfang August war ich wieder in Hamburg und stand in einem Antiquariat am Schulterblatt, dessen glatzköpfiger Betreiber kaum sichtbar hinter seiner Kasse hockte, bedrängt von Tausenden nach Staub und vergangenen Ideen riechenden Büchern. Mir fiel ein alter Bildband mit schwarz-weißen Photos der Stadt Modena in die Hand, und ich kaufte ihn, um Arturo eine Freude zu bereiten. Schräg gegenüber lag Venedig, aber schon von weitem sah ich, daß es zu hatte. An der Tür hing ein Schild mit dem Hinweis »Bis auf weiteres geschlossen«. Ich erkundigte mich bei den vier älteren Damen, die gleich nebenan einen kleinen Tee- und Pralinenladen betrieben, was passiert war. Ob ich es denn noch nicht gehört hätte, fragten sie ganz erstaunt, Arturo sei vor zwei Wochen gestorben. Mit einem Putzlappen in der Hand war er in seinem Café urplötzlich zusammengebrochen. Der herbeigerufene Arzt hatte nur noch den Tod feststellen können.

Das Osterei

———— ∾ ————

Einen Meter hoch, einen halben breit. Eingeschlagen in lila Geschenkpapier, zusammengehalten und gekrönt von einer gelben Schleife. Am Ende eines üppigen Mittagessens hatte Loredan dieses Schokoladenmonstrum in die Sonne geschleppt, neben unserem Tisch in einem goldfarbenen Plastikpokal aufgestellt, vier eigens dafür besorgte osterbunte Teller eingedeckt, einen Hammer in Aluminiumfolie eingeschlagen und uns aufgefordert, das Ei damit zu zertrümmern, um an die ihm innewohnende Überraschung zu gelangen, auf die er selbst wie ein Kind gespannt war. Die zartbitteren Schokoladensplitter seien als Nachtisch zu verzehren.

Loredan ist der Kellner meiner Lieblingstrattoria, des »Due torri« am Campo Santa Margarita. Der Bühnenbildner und Universitätsprofessor Ezio T. und seine deutsche Frau haben uns dort kurz nach der Jahrtausendwende hingeschleppt, an einem schönen Tag im Januar, und wir saßen draußen in der Wintersonne und aßen wunderbar und – gar nicht so selbstverständlich – erschwinglich. Wir gingen in der Folge öfter dorthin, nicht nur weil es uns schmeckte und ich mit meinem miserablen Italienisch durchkam, ohne gleich erschossen zu werden, oder weil wir ad hoc in den nicht zu unterschätzenden Vorteil der »voce amica« kamen, eines Skontos, den man sich durch regelmäßiges Erscheinen plus bella figura hart erarbeitet und der häufigere Restaurantbesuche in Venedig ermöglicht, ohne gleichzeitig rapide zu verarmen. Nein, vor allem weil Loredan, der Kellner, uns aus irgendeinem Grund in sein Herz geschlossen hatte und einfach nicht mehr hinausließ: Ihr bleibt drin und damit basta!

Es steht nur ein Turm am Campo, obgleich der Name unseres Lokals deutlich auf zwei verweist. Wurde er abgerissen, ist er irgendwann eingestürzt und hat als Baumaterial gedient, oder ist er schlicht eine Erfindung der Gastronomie?

Für mich steht fest: Der zweite Turm existiert. Es ist ein wandelnder Turm, einer aus Fleisch und Blut. Liebevoll bewacht er das kleine Lokal und schützt die Ehre des Unternehmens. Und er trägt den stolzen Namen venezianischer Dogen: Loredan.

Aus dem Dunkel der Trattoria tritt er hinaus ins helle Licht des Campo, schiebt sich behende durch die dicht besetzten Tischreihen, verteilt Teller mit Vorspeisen, bringt Wein, Wasser, schreit ein paar Sätze Richtung Küche, erklärt die secondi: Signora, sie müssen die seppiolini probieren, ich habe sie heut' morgen frisch vom Fischmarkt geholt, glauben Sie mir, es sind die besten und zartesten, die Sie je gekostet haben, und ihr aus Bologna wißt also genau, wie man Tortelli zubereitet, und das hier sind keine echten Tortelli, ihr macht doch auch Pizza in eurem Kaff, und die kommt aus Neapel, also ist sie nicht echt und ihr freßt sie trotzdem, aber Dottore, hören Sie, das ist ein Verbrechen, dieser Branzino ist eben noch in der Adria herumgeschwommen, und Sie wollen ihn mit Zitronensaft zur Strecke bringen, ich hole Ihnen Olivenöl. Abgang. Stille. Tauben segeln über den Campo, ein Spatz setzt sich auf unseren Tisch. Wir blinzeln in die Sonne.

Vor Jahren wurde Loredan, unser wandelnder Turm mit den langen Haaren, die ihm grau und strähnig vom Kopf hängen, der professoralen Lesebrille, den stets hochgezogenen Schultern und angewinkelten Unterarmen seiner Wohnung verwiesen, wie es vielen passierte, deren Vermieter mit der Umwandlung ihrer Häuser in Hotels oder schicke Pensionen mehr Geld zu machen gedachten.

Bei den Wahlen in Venedig hatten die sogenannten Progressisten gesiegt, die für mehr soziale Gerechtigkeit eintraten, und einen bärtigen Philosophen als Bürgermeister eingesetzt. In der Folge bezog ein nordamerikanischer Freßkonzern gleich zwei Palazzi der Stadt, und Loredan landete auf der Straße, die man hier Calle nennt. Er war so sauer wie die eingelegten Sardinen seiner Trattoria und beschloß, furchtbare Rache zu nehmen. Anwohner und Freunde halfen ihm, in der Mitte des Campo eine Hütte aus Zelt- und Segeltuch zu errichten, die er über ein Jahr ostentativ bewohnte. Eine Aktion, die sogar in der überregionalen Presse Wellen schlug, bis das Wasser der Entrüstung hoch genug stand und das Komitee Santa Margarita für das Recht auf Wohnraum ins Leben treten konnte. Seit der Zeit gibt es hier keinen Hüttenbau im öffentlichen Raum mehr, und es landet auch niemand mehr auf der Straße.

Die Sonne brannte jetzt hochstehend und scharf auf den Campo, der Prosecco spento würde bestimmt bald anfangen, in den Gläsern zu kochen, und da das Ei neben unserem Tisch mir etwas zu schwächeln schien, erbarmte ich mich und schleppte es ein paar Meter weiter an eine schattige Häuserwand, wo auch der Verpackungskarton stand, so groß, als hätte man darin eine Waschmaschine transportiert. Ostern war eigentlich schon seit einer Woche vorüber, und in unseren Bäuchen schwammen fritierte Seezungen, Spaghetti, Krebse, Muscheln, Salat in einem Meer aus Wein, Kalamartinte, Zabaione, Kaffee, Schnaps und Olivenöl. Ich war kurz vor dem Kollaps, und jetzt stand dort drüben verspätet und drohend ein gigantisches Schokoladenei und mußte unter den Argusaugen des Spenders wohl oder übel vertilgt werden, mindestens teilweise. Schließlich erklärte ich der hilflosen Runde, daß man doch nicht immer ausführen müsse, was andere von einem erwarteten, es sei ja auch eigentlich irgendwie eine Frechheit, ungefragt beschenkt zu werden, um dann zum Dank eine bestimmte Handlung auszuführen, die gewissermaßen einem Selbstmord gleichkäme. Ich erntete begeisterte Zustimmung und entschiedenen Widerspruch: Loredan hätte sich seit einer Woche auf diesen Augenblick gefreut, es sei ein Akt des Anstands und der Freundschaft, das Ei zu köpfen und den Inhalt zu erforschen, die Freude müsse man ihm schon machen, außerdem sei in jedem fünf- oder zehntausendsten Ei ein Gutschein für einen veritablen Ferrari versteckt. Das äußerte besorgt und gänzlich uneigennützig der Professore T., der wie ich keinen Führerschein besitzt. Ich wurde altruistisch und entgegnete, daß meine Nachbarin Anna sich um Kinder kümmere, deren Mütter in einem Frauengefängnis auf der Giudecca einsäßen und denen man sicherlich eine große Freude mit einem solchen Ei bereite, das für uns im günstigsten Fall doch nur einen verrenkten Magen bedeute. Wir führten diese Diskussion leidenschaftlich und sicherheitshalber auf Deutsch, denn Loredan umrundete unseren Tisch wie ein Raubtier, zog engere und weitere Kreise, um ja nicht den Augenblick zu verpassen, in dem der Hammer endlich zu seinem Recht käme. Schließlich kamen wir überein, das Ei in einem günstigen Moment um die Ecke zu bugsieren, das Unterteil vorsichtig mit einem Messer abzuheben, um sicherzugehen, daß es keinen Sportwagen oder andere schwerwiegende Überraschungen enthielte. Dann sollte ich als entschiedenster Gegner der Demolierung des Eies vor Loredan hintreten und ihm beibringen, daß wir es später zu Hause öffnen und verzehren wollten. Die Operation des Patienten ergab einen wenig lebenstüchtigen chinesischen Gameboy, und ich muß gestehen, ich fühlte mich wie ein Quacksalber bei seiner ersten illegalen Abtreibung. Nun folgte Teil zwei des abgefeimten Plans. Es hätte nicht viel gefehlt, und Loredan wäre in Tränen ausgebrochen, aber er überspielte es nach ein paar Schrecksekunden großartig und lächelte wie ein Kind, dem man weh getan hatte und das tapfer sein wollte. Ich wußte sofort, wir hatten einen Fehler gemacht. Wir waren ein Ausbund an Undankbarkeit, Niedertracht und Herzlosigkeit. Aber mir war einfach speiübel, und ich wurde immer wütender auf diese absurde Situation, die es mir unmöglich machte, meine eigenen ernährungsphysiologisch vernünftigen Interessen durchzusetzen. Es gab keinen Weg zurück. Wir wuchteten das Riesenei in seinen Verpackungskarton, bedankten und verabschiedeten uns und traten den Heimweg Richtung Zattere an. Die T.'s gingen nach San Polo. Ich wagte nicht mehr, mich umzublicken, den traurig verzeihenden Blick Loredans hätte ich gewiß nicht ertragen. Als wir um die Ecke zum Campo San Barnaba einbogen, überkam mich die Schwere unserer Tat (oder besser ihre sträfliche Unterlassung) wie eine kalte Dusche. Vielleicht war ja noch irgend etwas zu retten, würde die Freundschaft zu Loredan nicht völlig ruiniert sein. Ich rief sofort die T's an, erwischte sie bei der Frari-Kirche, gab zu, daß ich zum ersten Mal in meinem Leben einen echten Fehler gemacht hatte, und schlug vor, sofort zum Campo zurückzugehen und das Ei im Angesicht von Loredan ein für allemal aus der Welt zu schaffen, nur so würden wir unseren Seelenfrieden wiederfinden. Der Professore und seine Frau lachten. Sie hätten wichtigere Dinge zu erledigen, außerdem sei das Ganze doch reichlich übertrieben, Loredan würde es sicher überleben und wir wahrscheinlich auch. Er hatte ja recht, der Professore, natürlich wäre es lächerlich gewesen, jetzt wieder zurückzulaufen, und zu welchem Zweck auch. Das Unglück war geschehen und so gewiß nicht wiedergutzumachen, und vielleicht war dieses Ei in unseren Köpfen inzwischen ja auch mutiert und hatte eine Größe erreicht, die keinem Ei auf der Welt zukam, nicht einmal in Amerika. Dieser Gedanke war der Strohhalm, an den wir uns klammerten, und er trug uns immerhin bis zum Rio di San Trovaso, wo eine der letzten Gondelwerkstätten Venedigs liegt. Dort stellten wir die Kiste ab. Sie war schwer wie das schlechte Gewissen, das uns nun wieder in Besitz nahm, und mit ihm kehrte das kindlich enttäuschte Gesicht des Menschen zurück, dem wir so fahrlässig und ohne Not weh getan hatten. Wir wischten uns den Schweiß von der Stirn. Die Seele tat weh und die Handgelenke taten es auch, denn man konnte den Ostereiverpackungskarton nur bewegen, indem man seine Hand seitlich und ziemlich verdreht in einen eigens dafür angebrachten Schlitz steckte. Oh, wie ich wünschte, wir hätten dieses Geschenk niemals bekommen oder Loredan hätte sich wenigstens an den rechten Zeitpunkt gehalten! Man schmückt auch keinen Weihnachtsbaum am 30. Dezember, so etwas bringt Unglück. Und die Passanten, die mit schiefem Lächeln an einem vorbeilaufen und aus skeptischen Augenwinkeln auszumachen versuchen, ob hier ein Kühlschrank, eine Toilette oder ein toter Bernhardiner durch die Stadt getragen wird. Und dann die Sonne, die immer unbarmherziger vom Himmel brüllt: Hartherziges, undankbares Pack, wartet nur, bis ich euer Ei weichgekocht habe und sich die Schokoladensauce auf den Terrazzo eurer ergaunerten Wohnung ergießt!

Der Kontrolleur des Vaporettos, das uns zur Giudecca übersetzen sollte, kannte kein Erbarmen: Die Kiste ist zu groß, Signore, die wird bezahlt! Für den Betrag, den ich ohne weitere Diskussion entrichtete, hätten wir Venedig eine halbe Woche lang auf allen Linien umrunden können. Ich wollte das Ei nun endgültig los sein und klingelte an der Tür meiner Nachbarin. Ich war sicher, ich würde sie mit meiner großzügigen Aufmerksamkeit und dem Ausmaß des Geschenkes nachhaltig beeindrucken und hatte mit allem gerechnet, nur nicht mit einem derart entsetzten Gesichtsausdruck: »O dio, was ist das denn? Ein Osterei? Du bist verrückt, das ist viel zu groß, das ist ein Monstrum! Was hast du dir nur gedacht, ich kann das keine drei Meter weit tragen, und überhaupt, was soll ich damit, Ostern ist längst vorbei, das ist mir wieder so eine Idee, o dio!«

Am nächsten Tag bestiegen wir die Fähre nach Griechenland, K. und ich, um eine nie gemachte Hochzeitsreise nachzuholen. Wir wollten über Samos und Lesbos nach Istanbul reisen. Was wir nicht wußten, was ich aber tief in meinem Herzen ahnte, war, daß wir diese Fahrt nicht in trauter Zweisamkeit, sondern zu dritt antraten: Das Ei reiste mit. Welches Schicksal ihm genau in Venedig zuteil geworden war, wußte ich nicht, aber als ovales Phantom lag es selbstverständlich und penetrant in unserer Schiffskabine, teilte unser Bett, saß mit uns am Tisch griechischer Tavernen und begleitete uns zuverlässig durch die Gewürzmärkte der Stadt am Goldenen Horn. Wir liefen durch Istanbul und waren blind für die schwebende Schönheit der Blauen Moschee und den Reiz der kuriosen Holzhäuser von Üsküdar, wir waren auf der Suche nach geeigneten Geschenken für Loredan, und als wir fündig wurden und Hunderttausende von türkischen Lira investiert hatten, begann die dämonische Macht des Eies allmählich zu schwinden, wir verbrachten Stunden, ohne mehr daran zu denken, atmeten freier und wurden wieder die fröhlichen Menschen, die wir einmal gewesen waren.

Ein paar Tage nach unserer Rückkehr trauten wir uns auch wieder auf den Campo Santa Margarita, schwer bepackt mit unseren Wiedergutmachungsgeschenken, und schon von weitem winkte uns Loredan strahlend zu: »Wie schön, daß ihr wieder da seid, ihr habt mir so gefehlt! Wie war die Reise? Kommt her, euer Tisch ist schon gedeckt, der Professore und seine Frau kommen auch gleich. Wie hat euch das Osterei geschmeckt?«

Epilog

Ein halbes Jahr später war Loredan auf einmal verschwunden. Er hatte sich mit Daniele, dem Koch, angelegt, den er für ebenso begabt wie mutlos hielt, und darum angefangen, mit Speisen aller Art zu experimentieren. In der Küche seiner kleinen Wohnung rührte er die abenteuerlichsten Saucen und Sugi zusammen, füllte sie in Glas- und Porzellanbehältnisse und schleppte sie in das Wirtshaus Zu den zwei Türmen. Seine Produkte hielt er für so genial, daß er vollkommen davon überzeugt war, in Daniele nicht nur einen Bewunderer seiner heimlichen Kochkunst, sondern auch einen Mitstreiter zu finden, mit dem er die Herrschaft der ewig gleichen Gerichte brechen und die Eroberung kulinarischen Neulands wagen würde. Daniele zeigte Loredan den Vogel und beschwerte sich bei Romano, dem Patrone der Trattoria, dem die Extravaganzen seines Oberkellners schon länger auf die Nerven gingen. Hinter verschlossenen Türen versuchte man ihm vorsichtig beizubringen, daß seine Tage im Lokal gezählt seien und er sich nach einer neuen Stelle umsehen solle. Damit hob sich der Vorhang für ein Salonstück voll Pathos und Leidenschaft, in dessen Mittelpunkt Loredan als getäuschter Held und betrogener Liebhaber eine brillante Vorstellung gab. Er, der plötzlich nichts mehr zu verlieren hatte, rechnete fürchterlich mit der Mißgunst, Verlogenheit und Niedertracht seiner Arbeitgeber und Mitmenschen ab, um mit Tränen in den Augen, aber erhobenen Hauptes, den Ort seiner von langer Hand geplanten Demütigung zu verlassen, die er zu guter Letzt noch in einen kleinen persönlichen Triumph hatte verwandeln können. Krachend schlug er die Türe des Lokals hinter sich zu, das von nun an nicht viel mehr sein würde als eine erbärmliche, zum Scheitern verurteilte Imbißbude. Kurz darauf rief er an und lud uns ein, ihn an seiner neuen Wirkungsstätte zu besuchen, einer Trattoria, die sich in der Nähe des Bahnhofs Santa Lucia befand. Wir gingen hin und fanden ein typisches Touristenlokal mit Tischen, die einen stinkenden Seitenkanal säumten, bunten Lampions und einer überteuerten Speisekarte. Schon von weitem sah ich, wie Loredan auf ein älteres Ehepaar einredete, und als ich näher kam, waren es englische Worte, die ich vernahm: »Signora, vergessen Sie es, es gibt hier kein fatto a casa! Unsere Pasta kommt aus dem Supermarkt, aus der Fabrik, verstehen Sie? Gehen Sie nach Hause, wenn Sie hausgemachte Ravioli wollen, schmeißen Sie das Zeug in Ihren Topf, kochen Sie es nicht zu Tode, und schon haben Sie fatto a casa! So einfach ist das. Verstehen Sie, hier gibt es nur pappige Pizza und Nudeln, die von der Maschine gemacht sind, und basta!« Er drehte sich auf dem Absatz um und ließ das erschrockene englische Ehepaar sitzen, das nicht recht wußte, ob es lachen oder sich ärgern sollte. Als er sah, daß wir gekommen waren, strahlte er, schob uns in eine kleine Nische mit Holzbank, Tischchen und Windlicht, brachte Wein, stand da, redete und redete, und plötzlich liefen ihm Tränen über das Gesicht. »Wenn Sie wüßten, wie schrecklich das alles ist, Signora!« sagte er zu K., »ich möchte so gerne zurück, aber was soll ich tun? Was soll ich nur tun?« Er rettete sich in die Küche und kam mit einer Schüssel fritierter kleiner Taschenkrebse zurück, die im Spätherbst eine große Spezialität auf Venedigs Tellern sind und Moëche heißen.

In dieser Nacht schlief ich sehr schlecht und träumte von Krabben, Krebsen, Meeresheuschrecken und anderen Schalentieren, die in Massen aus den Kanälen stiegen, die Uferbefestigungen entlangkrochen, in mein Haus eindrangen, sich knisternd und schmatzend das Treppenhaus hinaufwälzten, die Wohnungstür eindrückten, mich mit ihren feucht-glänzenden Panzern überzogen und davontrugen.

Erst ein halbes Jahr später kehrte ich in die Lagune zurück, und schon am Tag darauf rief die Frau des Professore an und erzählte lachend, daß Loredan wieder im »Due torri« arbeite und überglücklich sei. Ostern stünde vor der Tür, er wolle wissen, wann wir zum Essen kämen, er ließe uns herzlich grüßen und ausrichten, daß er uns unbedingt sehen müsse, es warte eine Überraschung auf uns – eine Überraschung von ungeheurem Ausmaß …

Bruno und die Geschichte vom eingemauerten Mann

Vermutlich hat mir C. das Leben gerettet. C. ist Apotheker und genauso, wie ich mir einen Apotheker immer vorgestellt habe: groß, hager, graumeliert, schmallippig, leise. Er trägt einen knielangen weißen Kittel, dessen Knöpfe stets geschlossen sind. Die kleinen Augen hinter der altmodischen Schildpattbrille sind wach und von undefinierbarer Farbe und seine Stimme wie sein ganzes Wesen von einer sanften Konzentriertheit. Die Tablettenschachteln, Pulverdöschen und Tinkturfläschchen, die er veräußert, schlägt er liebevoll in Papier ein, und wenn er sie vorsichtig auf die Glasplatte seines Ladentischs legt, sind es kleine, kostbare Geschenke. Die Apotheke von Signor C., der im nächsten Jahr pensioniert wird, befindet sich im Erdgeschoß des Nebenhauses. Einmal im Monat hat er Sonntagsdienst. Rechtzeitig verläßt er dann seine kleine Wohnung hinter der Eufemia-Kirche und sperrt pünktlich um neun Uhr auf.

An einem dieser Sonntagmorgen, die er nicht besonders schätzte, war Signor C. wieder auf dem Weg zu seiner Apotheke, die im Italienischen »Farmacia« heißt. Er wollte eben den abgewetzten grünen Rolladen vorm Eingang seines Geschäftes in die Höhe ziehen, als er im Oberstock des Nachbarhauses etwas Ungewöhnliches bemerkte. Auf dem vorgeschobenen Sims eines geöffneten Fensters, der von einem flachen Eisengitter eingefaßt war, lehnte oder vielmehr lag ein Mensch. Offensichtlich schlief er dort und hielt ein Glas mit roter Flüssigkeit in der rechten Hand, die über das Gitter hinaushing. Signor C. schien, als neige sich der schlafende Körper ein wenig zu weit nach vorn und verschiebe allmählich seinen Schwerpunkt. Er befürchtete (nicht ganz zu Unrecht), das niedrige, zudem stark verwitterte Gitter wäre binnen kurzer Zeit nicht mehr imstande, ihn zu halten, und er würde den Gesetzen der Schwerkraft folgend, wie ein Sack in die Tiefe stürzen. Also rief Signor C. die schlafende Gestalt dort oben an, und zwar mit einer so drangvoll lauten Stimme, daß er selbst davon zusammenzuckte. Und auch ich, der ich im engen Eisengehege des Fenstervorsprungs selig vor mich hinträumte, fuhr auf und ließ vor Schreck das Glas fallen, welches neben Signor C. auf dem Trottoir aufschlug und in tausend Stücke zersprang. Dann verlor ich das Gleichgewicht, stürzte mit gewaltigem Getöse rückwärts in die Küche und blieb reglos auf dem harten Steinfußboden liegen. Da Signor C. nach wiederholtem Rufen keine Antwort erhielt, begab er sich zur Haustür und betätigte den Klingelknopf der in Frage kommenden Wohnung lang und anhaltend. Als er auch hier keine Reaktion erzielte, begann er sich ernsthaft Sorgen zu machen, er dachte an Alkoholvergiftung mit Schädelbruch und eilte schnurstracks in sein Geschäft. Dort rief er die Polizei an, sicherheitshalber auch gleich das Rote Kreuz, und trat wieder auf die Fondamenta hinaus. Inzwischen waren dort ein paar der Leute zusammengelaufen, die auch am Wochenende zu christlicher Zeit ins Bett gehen und darum des märchenhaften venezianischen Frühlichts teilhaftig werden, von dem böse Zungen behaupten, es sei nichts als der chemische Niederschlag der Raffinerien von

Mestre. Eine Dame fortgeschrittenen Alters, die C. in aller
Eile und andeutungsweise von den Vorgängen im Nach-
barhaus unterrichtet hatte, war eben dabei, einer anderen
von einer Leiche zu erzählen, die in einem der Zimmer
dort oben läge, möglicherweise wäre aber noch Schlim-
meres passiert, ein Gewaltverbrechen, wie man es hier
noch nicht erlebt hätte, man warte jetzt auf die Polizei und
müsse die Tür aufbrechen. Und ein Mann mit hängendem, ausdruckslosem Gesicht, der an Krücken herbeige-
humpelt war (derselbe, der K. einmal gezwungen hatte,
seine Haustür zu reinigen, an der unser inkontinenter
Hund vorbeigelaufen war), wies mit dem Kopf nach oben
und berichtete im Brustton der Verachtung, daß es dort
in der vergangenen Nacht hoch hergegangen sei, alle Fenster wären offengestanden, ohrenbetäubend laute Musik
sei zu hören gewesen, auch Klavierspiel, und immer wieder habe er betrunkene Menschen in den Fenstern beobachtet, einer hätte sogar eine Weinflasche in den Kanal geschleudert und dabei nur knapp ein vorbeifahrendes Boot
verfehlt. Man bestätigte sich gegenseitig, daß es dort öfter
zu derlei Ausschweifungen komme und man doch eigentlich von den Deutschen angenommen hätte, sie wären ruhig und diszipliniert. G., der in der kleinen Pasticceria nebenan einen Morgenkaffee getrunken hatte, trat mit
seiner Staffelei hinzu, lüftete den schwarzen Homburg
und informierte die aufgeregte Schar, die inzwischen bereits ein Dutzend Personen umfaßte, daß es sich lediglich
um den Epilog eines großen Festes handelte, das er selbst
gestern Abend bei sich zu Hause ausgerichtet hätte, aus
Anlaß nämlich seines sechzigsten Geburtstages, und einige seiner Gäste würden in Ermangelung anderer Schlaf-

plätze dort oben übernachten (und tatsächlich war es auch so). Er brachte etwas Ruhe in die Debatte, wurde aber vom Eintreffen zweier Boote unterbrochen, die die Dramatik des Geschehens sofort wieder anheizten. Vier Carabinieri sprangen an Land und drei Mitarbeiter des Roten Kreuzes in orangefarbener Bekleidung. Signor C. erstattete Bericht, und nachdem man erneut geklingelt und niemand geöffnet hatte, wurde die Haustür eingehend inspiziert, für außerordentlich stabil befunden und entschieden, daß man besser die Feuerwehr alarmiere, die eine Leiter an das geöffnete Fenster legen solle, mittels derer man dann in die Wohnung eindringen werde.

Um zehn Uhr fünfzehn (ich weiß es noch genau, denn ich sah auf die Uhr neben dem Bett, von dem ich allerdings keine Ahnung mehr hatte, wie in aller Welt ich hineingeraten war) drangen drei napoleonische Soldaten in mein Schlafzimmer und forderten mich auf, die Papiere vorzuzeigen. Stocksteif standen sie da in ihren prächtigen Uniformen, und die Seitenstreifen ihrer Hosen, die weißlackierten Lederschärpen und Proviantäschchen leuchteten im Dämmer des Raums. Einer trug einen kaiserlichen Zweispitz mit Federschmuck auf dem Kopf und ein schwarzes Cape um die Schultern. Sie blickten streng und hoheitsvoll, hatten mit ihrem Feldherrn, dem kleinen, energiegeladenen Korsen soeben die wehrlose Stadt besetzt (das erste Mal seit eintausendfünfhundert Jahren, daß fremde Truppen nach Venedig eingedrungen waren), den letzten Dogen davongejagt und sein prächtiges Flaggschiff, den goldstrahlenden Bucintoro als Zeichen totaler Unterwerfung in Stücke geschlagen und verbrannt. Es erwies sich, daß ich aufgrund der besonderen Umstände der vorangegangenen Nacht noch fast vollständig bekleidet im Bett lag und so ohne weitere Umstände an meinen Ausweis herankam. Anschließend weckte ich alle anderen Leichen im Hause zu neuem Leben und beantwortete die dringlichen Fragen der Soldaten, die sich bei Einschalten des Lichts als gewöhnliche Carabinieri entpuppten. Der dritte Polizist allerdings war falsch. Schon als ich die Augen aufschlug, hatte ich es gesehen. Und jetzt, da die Staatsmacht samt Rettungsdienst und Feuerwehr wieder abrückte, hielt ich ihn fest, nahm ihm den Zweispitz vom Kopf, setzte ihn mir auf, schob die Hand unters Hemd und machte aus meinen Augen energisch blitzende Schlitze: »Vivre sans gloire, c'est mourir tous les jours! Ti saluto Bruno, grande imperatore della Giudecca!!«

Bruno war unser Elektriker, doch heute war sein Carabinieritag. Er hatte sich den beiden echten Bütteln einfach angeschlossen, und sie hatten es grinsend geduldet, denn er war ein allseits beliebtes Faktotum, das auf der Insel eine gewisse Berühmtheit besaß. Im landläufigen Sinne war Bruno verrückt. Er hatte (neben vielen anderen Verdrehtheiten) einen Uniformknall, einen Arbeitsbekleidungstick und eine Kostümschwäche. Am Montag war er Kapitän in blendendweißer Uniform und wies den Wasserbussen mit ausladenden Arm- und Körperbewegungen den akkuraten Weg zur Haltestation, am Dienstag robbte er in einem kubanischen Kampfanzug, behängt mit sowjetischen Ehrenabzeichen, über die Fondamenta und übte den Häuserkampf, am Mittwoch entsorgte er als Müllmann die herumliegenden, mit Abfall gefüllten Plastiksäcke, dann wiederum schlich er ganz geheimnisvoll in einer Gasmaske umher, trat als Gebirgsjäger, Feuerwehrmann, Bergsteiger oder Bauarbeiter auf, und plötzlich war er wieder verschwunden. Auf die Frage, wo er denn sei, erhielt man nur die rätselhafte Antwort: »Bruno ist in Ravenna.« – »Wie? In Ravenna? Wir haben eine Verabredung!« – »Schön für dich.« – »Er wollte mir den Strom im Dachstuhl verlegen. Was mach' ich jetzt, verdammt noch mal?« – »Was weiß ich, er ist nun mal nach Ravenna gefahren ...«

Bruno, der während des Krieges in der Nähe der Redentore-Kirche geboren wurde, wuchs mit sechs Geschwistern in einem von der deutschen Firma Junghans gebauten Wohnblock auf. Sein Vater war Arbeiter des Unternehmens, das auf der Giudecca eine Uhrenfabrik errichtet hatte und mit Beginn des Weltkrieges Zeitzünder für Bomben herstellte. Zum Befremden der Menschen, die ihn umgaben, liebte er es schon als Kind, sich zu verkleiden, und wäre am liebsten König oder Admiral geworden, machte aber auf Druck seiner Familie eine Ausbildung als Elektriker und Tischler. Er fuhr zwanzig Jahre lang zur See und kehrte nach dem Tod des Vaters in die elterliche Wohnung zurück, die er fortan mit seiner Mutter bewohnte, bis auch diese vor ein paar Jahren hochbetagt das Zeitliche segnete. Sie muß ihn gehalten und bedingungslos geliebt haben, denn immer wenn er von ihr erzählte, fing er zu weinen an wie ein Kind, das in einem dunklen Zimmer zurückgelassen wurde, und schlug sich so heftig an die Brust, daß man Angst hatte, er könnte sich verletzen.

Irgendwann in den siebziger Jahren war auf dem venezianischen Flughafen Marco Polo ein Mann festgenommen worden, der eine geraume Zeitlang die gelandeten

Flugzeuge in Empfang nahm, über die Rollfelder dirigierte und ihnen ihre Positionen zuwies. Mit dem Flughafenunternehmen hatte er nicht das geringste zu tun, unterschied sich aber weder durch Arbeitsbekleidung noch Kompetenz von den echten Lotsen. Es war Bruno, für den Verkleidung und Spiel völlig zur Wirklichkeit geworden waren und der, nachdem man ihn ärztlich untersucht hatte, sofort nach Ravenna verbracht wurde.

Ravenna, das einhundertundzwanzig Kilometer südlich von Venedig liegt und einhundertneunundvierzigtausend Einwohner zählt, besitzt viele bedeutende Bauwerke aus frühchristlicher Zeit, eine Basilika, die Grabmale der Kaiserin Galla Placidia und des Gotenkönigs Theoderich, den Lido di Dante (der hier seine »Göttliche Komödie« vollendete) mit ausgedehntem FKK-Strand – und eine psychiatrische Anstalt. Dort saß Bruno eine gewisse Zeit, bis ein Mann von sich Reden machte, der auf der anderen Seite des Kanals groß geworden war und Franco Basaglia hieß. Als Psychiater und Universitätsprofessor genoß er hohes Ansehen und war zutiefst davon überzeugt, daß die moderne Gesellschaft verpflichtet sei, jene Menschen, die an ihr erkranken, aufzunehmen und auszuhalten und es sich nicht leisten dürfe, sie wegzusperren, um so zu tun, als existierten sie nicht. Basaglia machte die unhaltbaren Zustände in den italienischen Anstalten bekannt, wo Zwangsbetten, Zwangsjacken, Elektroschocks, Eisbäder und Lobotomie an der Tagesordnung waren. Durch seinen unermüdlichen Einsatz und seine Überzeugungskraft erlangte er Einfluß auf die Politik und erreichte (mit Unterstützung Domenico Modugnos), daß 1978 das Gesetz 180 zur Reform der Psychiatrie im italienischen Parlament verabschiedet wurde, welches die Abschaffung aller Irrenanstalten im Lande verfügte. Bruno wurde entlassen und fuhr nach Hause zu seiner Mutter. Spitzten sich die Dinge wieder zu und fand er aus einer seiner Rollen nicht mehr heraus, dann schickte ihn sein Arzt Onofrio C., der Bruder übrigens unseres Apothekers, zurück nach Ravenna, wo er ambulant behandelt wurde.

Bruno entriß mir den Zweispitz und fing an, damit auf mich einzuschlagen. Dann nahm er mich in den Schwitzkasten, und ich merkte, daß es ihm ernst war. Mit Napoleon macht man keine Witze. Nicht in Venedig. Napoleon brachte die Stadt als unabhängiges Staatsgebilde zur Strecke (wie wenig später auch das Heilige Römische Reich Deutscher Nation) und zerschlug vor den Augen der staunenden Welt, was ohnehin nur noch Hülle und schon längst gestorben war. Er behandelte die Stadt und ihre Würdenträger mit der kalten Arroganz des Eroberers, plünderte und zerstörte ihre einzigartigen Kunstschätze und trat sie in die politische Bedeutungslosigkeit. Man hat ihn hier in unguter Erinnerung behalten, und als ich einen alten Stich im Wohnzimmer aufhängen wollte (ein Erbstück meines Großvaters, dessen dritter Vorname Napoleon war), der den Franzosenkaiser und König von Italien mit seinem kleinen Sohn darstellte, eingerahmt von einer Bilderfolge siegreicher Schlachten, war meine Nachbarin Anna wie eine Furie darauf losgegangen und hatte mich aufgefordert, das Bild sofort wieder zu entfernen.

Bruno, der mir den Hals so zudrückte, daß mir die Luft ausging, ließ mich plötzlich los, sprang zurück, kniete nieder und brachte sich in Schußposition. Er fixierte mich mit einem unsichtbaren Gewehr und erklärte, er sei der gefürchtetste aller Carabinieri und müsse mich jetzt verhaften, weil ich als Franzose der Feind des geflügelten Löwen und aller guten Menschen sei. Außerdem hätte ich die infame Absicht, die Kanäle zuzuschütten und den Campanile von San Marco abzureißen. Ich bot ihm bedingungslose Kapitulation und ein Glas Wein an, er willigte sofort ein, stand auf, salutierte, schulterte sein Schießgewehr, und wir marschierten gemeinsam in die Küche. Natürlich wußte er nicht, daß es roter Bordeaux war, den er da in einem Zug hinunterschüttete, und hielt mir freudestrahlend sein leeres Glas entgegen. »Hör mal, Bruno, ich habe gestern mehr als genug getrunken, wir machen jetzt besser Schluß, ich muß runter in die Apotheke und mit Onofrios Bruder sprechen. Ich glaube, er hat mir heute das Leben gerettet.« – »Er hat dir das Leben gerettet?« – »Ja, und ich will mich bei ihm bedanken.« – »Er hat dir das Leben gerettet, er hat dir das Leben gerettet, hat er dir wirklich das Leben gerettet? Sein Bruder, der Dottore, hat auch einmal jemandem das Leben gerettet und ihn dabei umgebracht …« – »Wie?« – »Das weißt du nicht?« Ich schüttelte den Kopf. »Willst du die Geschichte hören?« Ich nickte. »Gut, ich erzähle sie dir, aber nur, wenn du dich jetzt hinsetzt, mit dem Gesicht zur Wand.« – »Mit dem Gesicht zur Wand?« – »Frag nicht so viel! Mit dem Gesicht zur Wand, sage ich, und wenn du dich auch nur ein einziges Mal zu mir umdrehst, fliege ich zum Fenster hinaus, und du wirst nie wissen, was damals wirklich passiert ist! Außerdem …«, fügte er hinzu, »mußt du noch eine Weinflasche aufmachen, aber eine richtige, hörst du, eine richtige!« Ich mußte lachen, denn er schien wirklich mit allen Wassern gewaschen. Ich öffnete einen Refosco und goß ihm das Glas voll. Er nahm es grinsend entgegen, und mit seinen eingefallenen Wangen, den schwarzblitzenden Augen und dem Zweispitz auf dem Kopf sah er wie eine danebengegangene Napoleon-Karikatur aus. Ich versicherte mich, daß alle im Hause wieder schliefen, stellte zwei Flaschen Wasser auf die Anrichte im Wohnzimmer, dann setzte ich mich auf einen Stuhl zwischen Spüle und Abfalleimer und blickte auf den Holzverschlag, hinter dem sich die Gastherme befand. Die graugestrichenen Fichtenbretter flimmerten vor meinen Augen, mir war schwindlig und übel, aber ich wollte Brunos Geschichte hören, denn ich wußte, daß er sie nur jetzt und dann nie wieder erzählen würde. Bruno schloß die Küchentür, hängte den großen Wandspiegel mit Handtüchern ab und begann *die Geschichte vom eingemauerten Mann*.

(Das heißt, eigentlich begann er sie noch nicht. Geräuschvoll spülte er das Glas Wein die Kehle hinunter, schnalzte mit der Zunge, goß sich nach, steckte eine Zigarette in Brand und zog den Rauch tief in die Lunge.)

Das ist wer weiß wie lange her. Vielleicht hundert Jahre … Ich war Tischler und Zimmermann auf einem Schiff, das nach Afrika fuhr. Stolz wie ein Schwan schwamm es über das Meer und spuckte dicke, weiße Wolken in den Himmel. Hoch über ihm flogen die Möwen im Wind, und die Fische schossen in Schwärmen darunter hinweg und glitzerten wie Silbergeld. Ich brauchte nur hinab ins Wasser zu schauen und war der reichste Mann der Welt, viel reicher noch als die Principessa B., der ich einmal neue Steckdosen verlegt habe. (Ich spürte genau, wie Bruno hinter meinem Rücken grinste.) Eines Nachts stand ich allein an

Deck, und der Mond strahlte hell vom Himmel herab. Er hatte ein Gesicht mit allem, was dazugehört, groß und rund, nur die Ohren fehlten. Ich starrte ihn so lange an, bis er die Nase rümpfte und den Mund öffnete: »Ich weiß, daß ich keine Ohren habe, Bruno«, sagte er, »aber trotzdem kann ich dich hören, weil ich in dein Herz sehe, und du hast ein gutes Herz.« Er rollte mit den Augen und blies ein Wölkchen fort, das sich auf seiner Stirn ausruhen wollte. »Siehst du die silberne Decke über dem Meer? Ich habe sie ausgebreitet, damit die Fische darunter schlafen. Die ganze Welt schläft, deine Kameraden in ihren Kojen schlafen, selbst der Kapitän schnarcht in seinem Bett. Nur du bist noch wach und die zwei Riesen tief unten in ihrem Gefängnis ...« – »Was redest du da?« fragte ich erstaunt, »welche Riesen?« – »Ihr nennt sie verächtlich Maschinen«, antwortete er, »als hätten sie keine Gefühle. Sie haben Körper wie ihr, nur ihre Köpfe sind aus Eisen und die Leiber aus Stahl, sie fressen Steine, trinken Öl und mit ihren gewaltigen Armen treiben sie euer Schiff Tag und Nacht voran. Sie atmen weißen Dampf und zischen und stöhnen. Hörst du sie? Hörst du, wie sie schuften und sich quälen? Willst du nicht zu ihnen hinabsteigen und sie erlösen? Sie müssen ausruhen, Bruno. Ihr Leben lang haben sie Sklavenarbeit für euch Menschen verrichtet und sich abgemüht und geschunden. Jetzt sind sie müde, todmüde, hörst du, und sie wollen schlafen. Hab ein Herz, Bruno, geh hinunter und halte das Schiff an! Schalte alles ab! Du bist der einzige, der es kann.« So sprach der Mond, und ich sagte: »Schön und gut, ich verstehe schon, was du meinst, aber was mache ich, wenn sie mich erwischen? Sie werden mich schlagen und der Polizei ausliefern!« »Laß das meine Sorge sein«, antwortete der Mond, und seine Stimme war so tief, daß ich sie kaum noch hören konnte, »wenn du deine Arbeit getan hast, dann lauf zum Heck des Schiffes, und spring von dort ins Meer.« Also stieg ich hinab in den Maschinenraum, der mir vertraut war wie meine kleine Werkstatt, legte ein paar Hebel um, schloß einige Ventile und drückte zuletzt auf einen roten Knopf, der sich in einem Metallkasten befand. Da ging das elektrische Licht aus, und seufzend schliefen die Riesen ein. Als ich wieder an Deck kam, fing eine Sirene an zu heulen, Männer stürzten aus den Türen und hielten Taschenlampen in der Hand, der Kapitän brüllte seine Befehle, und alles schrie und lief durcheinander. Jemand versuchte mich festzuhalten, ich aber sprang über Bord, und kaum war ich im Wasser, spürte ich den Körper eines riesigen Fisches, der sich an mich drängte. Ich setzte mich auf seinen Rücken und ritt über das mondhelle Meer, bis wir in der Morgendämmerung die Küste des Festlandes erreichten. »Fahr nach Hause, Bruno!« sagte der Mond und erbleichte, »deine Mutter wartet auf dich, denn dein Vater ist krank und wird bald sterben. Von nun an werde ich dich zwölfmal im Jahr besuchen und dir helfen, wenn du mich brauchst.« Da warf die Sonne ihre ersten Strahlen auf das Wasser, und er lief über eine gläserne Brücke tief in den Himmel hinein und verschwand. –

Halt, nicht umdrehen! Verstehst du nicht? Ich baue meiner Geschichte gerade ein weiches Bett. Sie muß doch gut liegen, damit sie schön wird. Wer weiß, vielleicht willst du sie ja aufschreiben?!

Daran hatte ich nicht im mindesten gedacht. Aber tatsächlich war ich unruhig geworden. Das Märchen von seiner Schiffsreise war zwar hübsch, doch eigentlich hatte ich nur wissen wollen, was in aller Welt dem Dottore zugestoßen war.

Bruno zündete sich eine Zigarette an, und ehe ich etwas sagen konnte, fuhr er fort:

Nach einer mühseligen Reise kam ich zu Hause an und fand meinen Vater tot und unter der Erde. Ich zog in mein altes Zimmer und kümmerte mich um Mama. Arbeit fand ich keine, sosehr ich auch suchte. Aber eines Nachts klopfte es ans Fenster, und als ich öffnete, hing der Mond davor, gelb und rund, und zwinkerte mir zu. »Ich habe Arbeit für dich, Bruno«, sagte er, »fahr morgen hinaus zum Flughafen, du kannst dort als Lotse anfangen, aber wenn du lieber Vaporettist oder Carabiniere werden willst, dann sollst du wissen, daß ich dir auch dabei behilflich sein werde.« »Schön«, antwortete ich, »was muß ich tun?« – »Du ziehst dir deine Uniform an und fährst einfach hin, es ist alles geregelt.«

Ich bedankte mich, doch als ich am nächsten Morgen losfahren wollte, rannte ich in den dicken Luigi, der ein Elektrogeschäft auf Sacca Fisola betreibt. »Bruno«, rief der, »dich schickt der Himmel! Ich muß elektrische Leitungen verlegen und finde niemanden, der mir hilft. Du kannst gleich mitgehen, wenn du willst, und für mich arbeiten.« Und so verbrachte ich kurze Zeit in einem Haus, das dicht bei der Eufemia-Kirche stand und neu hergerichtet wurde. Es hatte einen großen, verwilderten Garten, der schmal nach hinten lief und von einer hohen Mauer umgeben war. An seinem Ende stand ein kleines zweistöckiges Gebäude, in dem ein altes Ehepaar lebte, das ich nicht kannte. Ein paar Hühner liefen davor herum, und in einem Bretterverschlag an der Mauer hausten ein Schwein und eine dürre Milchziege. Am dritten Abend ging Luigi etwas früher nach Hause, und ich blieb, um Kabel durch Plastikrohre zu ziehen, die unter den Bodenfliesen und hinter dem Putz der Wände verliefen. Ich war allein und merkte gar nicht, daß es immer später wurde. Plötzlich fing jemand im Garten an zu schreien. Nicht sehr laut, aber anhaltend und verzweifelt, so wie ein Tier, das sich quält. Ich stürzte nach draußen, konnte aber nichts sehen, lediglich am Ende des Gartens einen Streifen Licht, der aus einem geschlossenen Fensterladen fiel. Dann brach der Schrei wieder ab. Als sich meine Augen an die Dunkelheit gewöhnt hatten, lief ich durch das Gestrüpp auf das kleine Haus zu. Vor der Tür blieb ich stehen und horchte. Es war vollkommen still, nur der Wind raschelte in einer hohen Zypresse, und die Tiere bewegten sich leise in ihrem Verschlag. Dann begann es erneut. Es kam aus dem Inneren des Hauses, diesmal war es lauter und steigerte sich zu einem Gebrüll, das gar nicht mehr aufhören wollte. Ich klopfte an die Tür, doch nichts tat sich. Schließlich schlug ich mit aller Kraft dagegen und hörte, wie jemand drinnen etwas rief. Da fiel das Geschrei in sich zusammen und wich einer Abfolge von Lauten, die wie eine Mischung aus Heulen und Ersticken waren. Der Fensterladen wurde aufgestoßen, und es erschien ein Kopf schwarz wie ein Scherenschnitt. »Um Himmels willen, das ist ja mörderisch, wer schreit da so bei Ihnen? Brauchen Sie Hilfe?« »Nein, nein, es ist gut ...«, sagte der Kopf. Er hatte die gebrechliche Stimme einer alten Frau. »Sind Sie sicher, Signora? Ich arbeite hier nebenan, wenn ich Ihnen also helfen kann ...« Sie starrte mich an und schwieg.

Ich war eben dabei, wieder zu gehen, da streckte sie ihre Hand aus, als wollte sie mich festhalten. »Holen Sie bitte den Dottore!« bat sie leise und begann zu weinen. Das Geschrei war unterdessen immer weitergegangen, und ich hörte deutlich, daß es aus einem Zimmer kam, das über ihr lag. Es war fast Mitternacht, als ich das Haus des Dottore erreichte. Er schlief schon, und seine Frau weigerte sich, ihn zu wecken. Ich redete so lange auf sie ein, bis er neben ihr in der Tür erschien. »So spät noch, Bruno?« fragte er und hustete, »wir haben doch nicht etwa Vollmond?« – »Dottore, kommen Sie sofort mit! Es ist etwas passiert ...« Und ich erzählte, was ich erlebt hatte. Nach einer Weile nickte er, zog sich einen Mantel über den Schlafanzug, und wir liefen los. Die Tür stand offen, als wir ankamen, und im Lichtstrahl, der schräg auf die Erde fiel, scharrten aufgeschreckt zwei Hühner. Im Oberstock schrie es immer noch. »Was ist los, Signora?« fragte der Dottore und schob seinen Kopf in die Tür. »Bitte kommen Sie herein«, kam es von drinnen, »es ist unser Sohn ...«

Wir traten in eine winzige Küche, und vor einem Kaminfeuer saß ein weißhaariger Greis zusammengesunken auf einem Lehnstuhl und starrte in die Flammen. »Piero ist taub«, entschuldigte sich die Frau. Sie war winzig, grau und hatte die traurigsten Augen, die ich je gesehen habe. Sie wies uns den Weg eine schmale Holztreppe hinauf. Der Dottore ging voran, dann folgte ich, schließlich sie mit etwas Abstand. Mit dem Knarren der Treppenstufen hörte das Geheul auf, und ich dachte, wer immer das ist, jetzt merkt er, daß fremde Menschen im Haus sind. Wir kamen in einen stockdunklen Raum, in dem es so stank, daß mir auf der Stelle schlecht wurde. Der Dottore machte Licht und riß das Fenster auf. »Wo ist er?« Die Signora zeigte auf die Wand hinter uns. Dort standen ein Stuhl und ein Tisch, auf dem sich Eimer, Schüsseln und ein paar Flaschen befanden. Daneben war in Mannshöhe ein Schlitz in der Mauer und darunter am Boden ein Loch von etwa dreißig mal dreißig Zentimetern. »Bruno, eine Taschenlampe, schnell!« rief der Dottore, und ich rannte ins Haus hinüber, griff Luigis Lampe und war schon wieder im Garten, als die Ziege in ihrem Verschlag einen Sprung machte und laut zu meckern anfing. »He, Bruno, geh geh da nicht rein! Dort sitzt dein Bruder, dein armer Bruder, er hat den Mond verschluckt, he he …« Ihre Augen brannten wie zwei kleine Feuer im Dunkeln. »Bruno, die Taschenlampe, verdammt!« schrie der Schatten des Dottore aus dem Fenster, und ich lief ins Haus und stürmte die Treppe hinauf. »Ich weiß nicht mehr, was ich tun soll«, hörte ich die alte Frau noch sagen, »seit einiger Zeit schreit er und schreit und macht mir das Leben zur Hölle, er ist vollkommen verrückt …« Der Dottore riß mir die Taschenlampe aus der Hand und leuchtete in den dunklen Schlitz. Als hätte ihm jemand ein Messer ins Auge gestoßen, fuhr er zurück, und sein Gesicht wurde ganz grau. »Das ist unglaublich«, sagte er tonlos, »wie können Sie so etwas tun?« Da begann sie am ganzen Körper zu zittern. »Heilige Maria, Mutter Gottes, du bist mein Zeuge! Er war nicht zu bändigen, Dottore. Piero hat ihn dort hineingetan, als er noch ein Kind war. Immer wieder fiel er hin und schlug wie wild um sich, er hat sich weh getan und auch uns. Er ist besessen, verstehen Sie, was hätten wir tun sollen? Wir hatten Angst, und Piero hat sich so geschämt … Jetzt kriegt er nichts mehr mit, und alles hängt an mir, ich stelle dem Jungen das Essen hin, aber er nimmt nichts zu sich. Ich bin am Ende meiner Kraft …« Sie setzte sich auf den Stuhl, faltete die Hände und sank in sich zusammen. Der Mensch hinter der Mauer stöhnte kurz auf, und der Dottore wandte sich an mich: »Lauf zu Vittorio, er soll kommen und zwei Spitzhacken mitbringen. Sag ihm, daß wir ein Krankenboot brauchen. Er muss mit dem Spital telefonieren.« – »Dottore, darf ich nur einmal kurz hineinsehen?« – »Das wirst du nicht tun, Bruno, du willst doch nicht schlecht träumen?! Lauf los und beeil dich!«

Eine halbe Stunde später war ich mit Vittorio wieder zur Stelle, und wir legten die Wand nieder, die einen Menschen ein ganzes Leben lang eingeschlossen hatte. Wie soll ich den Anblick beschreiben, der sich uns bot, als wir in die enge Kammer einstiegen? Am Ende einer Holzpritsche kauerte ein Mann, der wie der Tod selbst aussah. Die riesigen Augen quollen aus ihren Höhlen wie Kugeln und glotzten uns an. Seine langen, verfilzten Haare hatten eine rötliche Farbe und hingen ihm wirr ins Gesicht, das wie der ganze Körper von Schrunden und Pusteln überzogen war. Er war bis aufs Skelett abgemagert und nur spärlich mit schmutzigen Lumpen bedeckt. Auf seinem Bauch, aufgebläht wie ein riesiger Ballon, lagen die dürren Hände mit ihren spiralförmig verwachsenen Fingernägeln. Bis jetzt hatte dieses Wesen, von dem ich nicht sagen konnte, wie alt es war, keinen Ton von sich gegeben und voll Schrecken auf das geschaut, was um ihn herum geschah. Als der Dottore und Vittorio ihn aufrichten wollten, fing er an, wie am Spieß zu schreien, und der Dottore redete beruhigend auf ihn ein, aber es half nichts. Ich konnte es dort drinnen nicht länger aushalten und stieg über den Schutthaufen zurück in das Zimmer. Durchs offene Fenster sah ich, wie drei Männer mit einer Bahre im dunklen Garten auftauchten und auf das Haus zuliefen. Wenig später hatten sie den schreienden und nach allen Seiten um sich schlagenden Mann daraufgeschnallt und davongetragen. Der Dottore schickte mich nach Hause und befahl mir, mit niemandem über diesen Vorfall zu reden. Als ich ihn zwei Tage später zufällig auf der Fondamenta traf, flüsterte er mir zu, daß der Mann bereits am Tag danach im Spital gestorben sei. Eine Woche später klopfte es wieder an mein Fenster ... –

Hier hörte Bruno auf zu sprechen und hantierte mit irgend etwas hinter meinem Rücken herum. War ihm der Wein ausgegangen oder die Zigaretten, ich wußte es nicht. Als gar nichts mehr zu hören war, drehte ich mich um und – fand die Küche leer. Seltsamerweise war nichts vorhanden, was auf seine Anwesenheit hätte schließen lassen: keine Weinflasche, kein ausgetrunkenes Glas, kein voller Aschenbecher, kein abgehängter Wandspiegel, nichts! Wie ein Idiot hatte ich eine halbe Stunde lang auf eine Bretterwand gestarrt und jemandem zugehört, der vielleicht gar nicht dagewesen war. Ich war vollkommen verwirrt und beschloß, mich ins Bett zu legen und den Rest meines Rausches auszuschlafen. Als ich wieder erwachte, war es schon Abend. Ich stand auf und fand die Wohnung verlassen, alle Gäste waren gegangen, und irgendwer hatte freundlicherweise aufgeräumt und die Hinterlassenschaften unseres Festes so gründlich beseitigt, als hätte es nie stattgefunden. Ich lief hinunter auf die Fondamenta und sah, daß der Mond hinter dem Campanile von San Giorgio Maggiore aufging wie ein orangefarbener Riesenball. Mir war nach einem starken Kaffee, und ich ging in die kleine Bar, die sich im Unterstock unseres Hauses befand. Dottore C. stand mit einem Kollegen an der Theke und tat, was einen Arzt zum Menschen macht: Er trank einen Aperitif, rauchte eine Zigarette und lachte. Ich stellte mich daneben, bestellte einen doppelten Espresso und drehte mich zu ihm: »Verzeihen Sie, Dottore, wenn ich Ihr Gespräch störe ...« – »Nein, nein, stören Sie nur, stören Sie nur, Sie stören nicht!« – »Wissen Sie, Bruno hat mir ... Sie wissen doch, wen ich meine, Bruno, unseren ...« – »Aber ich bitte Sie, ich weiß genau, wen Sie meinen. Sie meinen Bruno, Ihren ...« – »Richtig, also, Bruno hat mir da eine Geschichte erzählt, die so phantastisch klang, daß ich Sie, ich meine, vor allem, weil Sie darin, wie soll ich sagen, ... andererseits aber Bruno nicht unbedingt ..., obwohl ich nicht einmal weiß, ob ich mir das alles nur eingebildet habe, wie auch immer, ich wollte, ich meine, ich hätte gerne ... oder ...« – »Wissen Sie was, junger Freund«, sagte da der Dottore, »jetzt bestellen Sie sich noch einen Espresso, oder besser gleich einen Grappa und fangen noch einmal ganz von vorne an!« Ich ließ mir einen Caffè corretto kommen, atmete tief durch und erzählte ihm, so gut es eben ging, Brunos Geschichte. »Es hat sich in der Tat alles so oder so ähnlich zugetragen«, begann der Dottore vorsichtig, als ich am Ende war. »Der arme Mensch, der Sohn dieses einfältigen Ehepaares, war fast ein halbes Jahrhundert eingeschlossen, und wer immer davon wußte, hat eisern geschwiegen. All die Jahre blieb selbst den Nachbarn verborgen, welche Tragödie sich in diesem unscheinbaren Haus abspielte. Im Spital gaben wir ihm sofort Infusionen und versuchten herauszufinden, woher die Schmerzen kamen, die ihn plagten. Aber schon am nächsten Morgen blieb sein Herz stehen. Er hatte ja nie etwas anderes als die gedämpften Stimmen seiner Eltern gehört, und das trübe Licht einer Kerze, das durch den schmalen Schlitz in der Wand fiel, war alle Helligkeit, die er kannte. Daß es eine Welt jenseits der Nacht gab, war unfaßbar, und als sie jäh auf ihn einstürzte, hat es ihn umgebracht. Bis heute mache ich mir Vorwürfe, ja manchmal denke ich, es wäre besser gewesen, ihn in seiner finsteren Welt zu lassen. All dies ist lange her und hat sich zugetragen, als ich noch jung war und meine Stelle als Arzt auf dieser Insel gerade angetreten hatte. Natürlich habe ich inzwischen viel vergessen, aber eines kann ich mit Sicherheit sagen: Bruno ist nie dabeigewesen, ihn habe ich erst sehr viel später kennengelernt. Und nun entschuldigen Sie mich, junger Freund, ich muß los, meine Frau erwartet mich zum Abendessen. Sie versteht keinen Spaß, wenn ich zu spät komme, aber andererseits ist sie eine wunderbare Köchin. Es hat mich sehr gefreut!« Er zahlte und ging. Ich war wie vor den Kopf gestoßen. Was stimmte jetzt eigentlich noch, was war real, war wirklich passiert, was gelogen, Einbildung oder Traum, und schließlich, wo befand ich mich? Als ich die Bar verließ, sah ich, wie der Bruder des Dottore aus seiner Apotheke trat, den Rolladen herunterließ, abschloß und sich auf den Heimweg machte. Ich schaute ihm nach, und auf einmal hatte ich das Gefühl, daß es Bruno war, der da im weißen Kittel die Uferpromenade hinunter auf den Mond zulief, aber sicher konnte ich es nicht sagen …

Der Schnauzbart am Konsulat

Jeder Mensch hat eine gewisse Halbwertszeit, nach Vollendung der Geschlechtsreife beginnt er sich wieder aufzulösen. Dieser Vorgang findet äußerst schleichend statt. Der Mensch bewegt sich von nun an hektisch hin und her, als spürte er, daß ihn etwas an der Ferse gepackt hat, das er gerne wieder abschütteln würde. Diese Bewegungen können in der Folge stark geographischen Charakter annehmen, und um sie ungehindert durchzuführen, ist einiges vonnöten, ein Reisepaß jedoch unerläßlich. Nun ist aber auch ein Paß nur ein Mensch und lebt nicht ewig. Er besitzt eine Haut aus grünem oder rotem Leinenstoff, die sich gerne schon vor seinem Verfallsdatum zersetzt und einen Gang zu den numinosen Administrationen unvermeidlich macht. In meinem Fall trug ich den zerfledderten Nachweis meiner Existenz auf den Campo San Angelo, wo sich das deutsche Konsulat befindet. In der Mitte des sonnendurchfluteten Platzes fiel mir plötzlich ein, ich könnte meine Geburtsurkunde vergessen haben, um deretwillen ich wochenlange Kämpfe mit dem Viernheimer Einwohnermeldeamt ausgefochten hatte. Während ich also den Umschlag mit den Dokumenten durchwühlte, war ich weiter auf das Gebäude mit der deutschen Hoheitsfahne zugelaufen und hatte auf einmal das ungute Gefühl, daß mich jemand beobachtete. Ich blieb stehen und blickte auf …

Frau von M. seufzte und drehte ihre Augen betrübt zur

frisch geweißelten Zimmerdecke, als ich sie davon in Kenntnis setzte, daß sich ein gewisser Adolf Hitler neben ihrer Eingangstür in Form eines marmornen Klingelschildes eingerichtet habe und jeden Ankömmling mit argwöhnischem Blick belauere. Frau von M. war die deutsche Honorarkonsulin in Venedig, und ich hatte wirklich geglaubt, ich würde sie mit einer ungeheuerlichen Neuigkeit überraschen, einer Entdeckung, die nur mir auf Grund meiner scharfen Beobachtungsgabe und historischer Feinfühligkeit gelungen und aller Welt bislang entgangen war, sie aber ließ mich gleich wissen, daß die Zahl der entrüsteten Briefe und wütenden Protestschreiben, die ihr in diesem Zusammenhang zugegangen waren, kaum mehr zu überblicken sei. Durchreisende Studienräte, pensionierte Prokuristen und andere Berufsberufene erhitzten sich ohne Ende über das Klingelschild, das mit weit aufgerissenem Mund und stechendem Blick, in bekannt emphatischem Ausdruck, nichts anderes als ein Führerporträt darstelle, welches den politisch untadeligen Betrachter verhöhne und zusammen mit der deutschen Fahne und dem ovalen Konsulatsschild ein niederschmetterndes Ensemble bilde. Das Konsulat, so betonte sie, hätte aber erst vor drei Jahren sein Domizil hier am Campo San Angelo bezogen; da sei das Klingelschild schon vorhanden gewesen, und wahrscheinlich hinge es dort schon seit unvordenklichen Zeiten. Überdies befinde sich das Haus im Besitz der katholischen Kirche, die sich jede äußere Veränderung der Immobilie verbitte. Die konsularischen Tätigkeiten ihres Mannes, der vor ihr den Posten innegehabt hatte, hätten sich zeitweilig ganz auf die Beantwortung dieser Briefe und auf Klingelschild-Exegesen reduziert, bis ihm schließlich der Kragen geplatzt sei und er eine Zeichnung angefertigt habe, um darauf hinzuweisen, daß derartige Besessenheiten nichts anderes seien als eine Fixation, gar eine sonderbare, querlaufende Verliebtheit in ein nur oberflächlich verhaßtes, unbewußt aber sinnstiftendes Sujet, das für solche Menschen wie ein Menetekel hinter jeder Mauer und an jeder Wand sichtbar werde. Das Klingelschild jedoch stelle nichts anderes dar als den berühmten englischen Filmkomiker und Regisseur Sir Charles Spencer Chaplin.

Frau von M. ging ans Fenster, öffnete es und schaute hinunter in den Campo. Für kurze Zeit drang der Lärm der vorübergehenden Menschen und die Glut des aufgeheizten Platzes in die friedliche Kühle des Konsularbüros. Ich packte meine Unterlagen auf den großen Tisch und dachte über Charlie Chaplin und Adolf Hitler nach. Es gab sonderbare Parallelen: Beide waren im selben Jahr geboren, und beide trugen, ohne voneinander zu wissen, das gleiche vertikale Schnauzbärtchen, das zu ihrem Markenzeichen wurde. Der eine wie der andere wollte berühmt werden, und beiden ist es mit durchschlagendem Erfolg gelungen. Man konnte dort unten am Klingelschild den deutschen Diktator sehen, der die Welt in ein Inferno gestürzt oder den englischen Komiker, der der Welt soviel Freude geschenkt hatte. Äußerlich waren sie nicht voneinander zu trennen, sie gehörten zusammen, und fast schien es, als wären sie ein und derselbe – ein Abbild des Menschen mit all seinen Möglichkeiten, seiner Fähigkeit zum Guten wie zum Bösen; ein vierundzwanzigstündiger Tag, der aus zwölf Stunden Licht und zwölf Stunden Dunkelheit besteht.

Die Konsulin stand noch immer am Fenster und kehrte mir den Rücken zu. Das Tageslicht hinter ihr war so stark, daß es zu flimmern begann, und ich hatte das Gefühl, als läge dort draußen eine riesige Wasserfläche, die sich schimmernd in die Unendlichkeit ausdehnte. Plötzlich kam mir Angelina in den Sinn. So war sie mir doch in meinen Träumen erschienen, an das Fenster eines Leuchtturms gelehnt, und hinter ihr das spiegelnde Meer, in dem die Sonne versank. Ihre Tagebücher, die ich gelesen und zum Teil übersetzt hatte, und meine Aufzeichnungen, die seit über einem halben Jahr irgendwo neben meinem Schreibtisch herumlagen, Charlie Chaplin, der Campo San Angelo, der deutsche Diktator und sein Abschiedsbrief, das freistehende Haus mit der großen, hölzernen Tür! Warum war mir das alles nicht viel früher eingefallen? Konnte es vielleicht sein, daß sie ihren grotesken Liebhaber dort unten neben der Eingangstür dieses Hauses geküßt hatte und daß dabei etwas ganz und gar Phantastisches vorgegangen war?

Meine Gedanken rasten, schossen wie entfesselte Atome hin und her, bis sie plötzlich ruckartig stillstanden und ein festes Bild freigaben: ein sandiger Weg, der sich zwischen grünen Feldern sanft dahinwand und hinunter zum Meer strebte. Ein altes, aus grauen Steinen erbautes Bauernhaus mit eingestürztem Dach, und über die Reste einer am Boden liegenden Tür steigt ein Mann, der unverkennbar das Aussehen eines Fahrrads hat. Eine klobige Karbidlampe ist ihm an die Stirn geschraubt, sein Hinterteil hat die Form eines Ledersattels, aus seinen Unterschenkeln ragen Pedale, und die Art, wie er seinen Körper hält, hat etwas von einem Fahrradrahmen. Er zieht die Mütze und entblößt ein ramponiertes Gebiß: »Wie schön, daß Sie sich endlich bequemen, mich einmal zu besuchen, Sir! Sehen Sie also, was aus mir geworden ist! Ich war Polizeibeamter, Sir, fünfundvierzig Jahre lang und zufrieden. All die Jahre habe ich hier in Glencolumbkille mit meinem Fahrrad den Polizeidienst versehen, bis ich schließlich anfing, mich selbst in ein Fahrrad zu verwandeln. Mein Name ist MacCruiskeen, Sir. Jetzt wissen Sie alles!«

Der irische Dichter Flann O'Brien hatte das Buch vom dritten Polizisten geschrieben, eines meiner Lieblingsbücher, eine surreale, unheimliche Mordgeschichte, in welcher er die Theorie aufstellt, daß ein Mensch, der sich lang genug mit einem Gegenstand beschäftigt, seine Moleküle mit demselben austauscht.

Ich hielt diese Atom-Theorie damals eher für eine Alkohol-Theorie, einen pseudowissenschaftlichen, skurrilen, irischen Witz, bis ich eines Tages das Porträt eines türkischen Mäusefallenhändlers in Händen hielt, das der großartige Photograph und Chronist August Sander 1924 auf Glasplatte gebannt hatte. Es zeigte einen pockennarbigen, gehetzt dreinblickenden Mann, den seine jahrelange Tätigkeit ganz offensichtlich in eine Maus verwandelt hatte. Alles an ihm war maushaft; er hatte Mäuseohren, einen Mäusebart, Mäusezähnchen und blickte in die Kamera mit dem Ausdruck eines Nagers, der von einer Katze auf freiem Feld gestellt worden war.

Wenn also O'Briens Sicht der Dinge tatsächlich stimmte, konnte man nicht weitergehen und behaupten, daß die gesammelte Energie eines Menschen an einem Ort, der punktorientierte Fluß der Gedanken und Gefühle, genau dasselbe bewirken würde? Ein Mensch, der zum Beispiel dort unten an der Mauer neben dem Hauseingang lehnt und zum ersten Mal so etwas wie Befreiung und tiefes Glück empfindet und sich nichts sehnlicher wünscht, als da zu bleiben, wo er so intensiv vorhanden ist; dieser Mensch wird einen Teil seiner selbst, möglicherweise in Form von Molekülen, zurücklassen. Es wird etwas von ihm in das Mauerwerk hineinsinken, lange dort verharren und sich schließlich seinen Weg nach außen suchen.

Am nördlichen Ende des Lido, dort, wo das Adriatische Meer Zugang zur Lagune hat und die großen Schiffe nach Venedig hineinfahren, steht in unmittelbarer Nähe des Strandes ein Ausflugslokal, das durch Lage, Aufmachung und Begrünung so tut, als befände es sich auf den Bermuda-Inseln oder am Strand von Pattaya. Nach einem perfekten Tag am Wasser ißt man dort gut zu Abend, sitzt unter Palmen im Sand und schaut in den aufgehenden Mond, der wie ein Lampion am großen Bühnendämmerhimmel hängt und sein Licht über das dunkel werdende Meer und die Tankschiffe gießt, die friedlich am Horizont liegen und darauf warten, ihre Fracht im Hafen von Mestre zu löschen, der häßlichsten Stadt Italiens, die der schönsten direkt gegenüberliegt. Schlägt man sich von dort durch das Gestrüpp der Insel Richtung Lagune, so kommt man irgendwann an eine Mauer, die ein großes Areal umgibt. Das ist der Flughafen von San Niccolò, den auch heute noch Maschinen bescheidenerer Bauart ansteuern.

Am 14. Juni 1934 landete hier gegen zehn Uhr vormittags ein dreimotoriges, wellblechverkleidetes Flugzeug, dem der Kanzler und Führer des Deutschen Reiches Adolf

Hitler samt Entourage entstieg, um vom italienischen Duce Benito Mussolini feierlich begrüßt zu werden. Es war die erste Begegnung des faschistischen Originals mit seinem deutschen Imitator, und mit Bedacht hatte man Venedig als würdigen Ort für dieses Treffen gewählt. Eine kleine Ewigkeit standen beide Staatsmänner ernst und schweigend voreinander: der Deutsche, etwas eingeschüchtert, im hellen Trenchcoat, schlappen, braunen Velourshut und schwarzen Lackschuhen; der Italiener, selbstsicher und braungebrannt, in pompöser schwarzer Uniform mit phantastischer Pelzmütze, auf der das Konterfei eines ehrfurchtgebietenden Adlers prangte. Der Reichskanzler und ehemalige oberösterreichische Vedutenmaler rauschte im Fahrstuhl seiner Gefühle viele Stockwerke nach unten, denn es war nur allzu deutlich, daß sein mitreisender Außenminister v. Neurath ihm zu einer völlig falschen Garderobe geraten hatte. Neben der martialischen Aufmachung des Italieners wirkte er in der Tat wie eine Witzfigur, über die Journalisten und Diplomaten dann auch gleich eimerweise ihren Hohn und Spott ausschütteten und so dazu beitrugen, daß er in den Folgejahren sträflich unterschätzt wurde. Endlich ging Mussolini auf Hitler zu und erhob die Hand zum faschistischen Gruß. Der Führer erwiderte diesen, und man glaubte »Tränen der Rührung« in seinen Augen zu sehen, die jedoch nichts anderes waren als das Augenwasser der Demütigung. Daß es Herrn Hitler alles andere als gut ging an diesem Tag, daß seine Seele revoltierte, aber keine Möglichkeit der Erlösung fand (das heißt erst in der Nacht vom 15. auf den 16. Juni), das alles weiß ich aus den Tagebüchern der Angelina M., die viele Jahre in der Nähe unseres Hauses auf der Giudecca in einer kleinen, scheußlich eingerichteten Wohnung lebte und hin und wieder Gesellschaften gab, auf denen sie mit zitternder Stimme ihre alten Lieder sang und dazu in einem indischen Kleid mit eingenähten Spiegelchen tanzte, denn sie war in den vierziger Jahren erste Schauspielerin eines obskuren römisch-venezianischen Filmunternehmens gewesen, das sich nach seinem Begründer »Scalera« nannte. Mehrfach hatte Michele Scalera Angelina M. in seinen Studios, die er in einem umgebauten und erweiterten Kuhstall hinter der Fortuny-Manufaktur eingerichtet hatte, auf Zelluloid gebannt. Angelina sah umwerfend aus. Für eine Italienerin ungewöhnlich groß, mit wilden, schwarzen Haaren, schmalem, edlen Gesicht und einem Augenpaar, das grün und gefährlich leuchtete und dessen faszinierende Wirkung im schwarz-weißen Medium nur ungenügend zur Geltung kam. In allen Streifen, die »Dorf ohne Schatten«, »Das Geheimnis von Venedig« oder »Der Leuchtturm der Einsamkeit« hießen, sang sie endlos lange Liebeslieder zur Gitarre, und sie sang auch noch, als der Titelheld sein viel zu junges Leben aushauchte und ein irisierendes »Fine« der herzzerreißenden Geschichte ein Ende setzte. Die meisten dieser Produktionen müssen ein finanzielles Desaster gewesen sein, denn Mitte der fünfziger Jahre war das Unternehmen bankrott und die Scalera-Studios verfielen. Heute weht der Wind durch die zusammengebrochenen Gebäude, und dort, wo sich früher Kühe und Schauspieler tummelten, leben jetzt Ratten, Vögel und Eidechsen.

Als Angelina vor einem Jahr über neunzigjährig starb, morsch und verwahrlost wie die Stätte ihrer einstigen Wirkung, und es sich erwies, daß niemand mehr aus ihrer Familie existierte oder zumindest Interesse an ihren Hinterlassenschaften bekundete, erwarb mein Freund Pierre H. drei große Pappkartons, die ihr gesamtes Leben enthielten. Pässe, Dokumente, Briefe, zahllose Zeitungsausschnitte und Aberhunderte von Photographien, die die Entfaltung wie den Verfall ihrer großen Schönheit dokumentierten, nebst Aufnahmen ihrer Eltern, anderer verblichener Familienmitglieder und gänzlich unbekannter Menschen, festgehalten an vertrauten und exotischen Orten, ausgeschnitten aus dem steten Fluß der unaufhaltsam dahingleitenden Zeit. Einige der Photographien waren offensichtlich in Berlin entstanden, und auf einem sah man die noch jugendliche Angelina in einem gerade herabfallenden, paillettenbestickten Kleid am Eingang eines Krankenhauses stehen. Sie hielt die Hand ihres Vaters, der, in einen Arztkittel gekleidet, links neben ihr gutaussehend und vergnügt in die Kamera lächelte. Rechts stand ein glatzköpfiger, hagerer und ernst dreinblickender Mann mit einer runden Nickelbrille, deren Gläser das Sonnenlicht blitzend reflektierten, was ihm das Aussehen eines überdimensionalen Insekts verlieh. Auf der Rückseite hatte jemand mit Bleistift vermerkt: Berlin, Juni 1929. Charité. Prof. Sauerbruch. Ein anderes Photo zeigte einen Aufmarsch der nationalsozialistischen SA, fahnenschwenkend vor irgendeinem wuchtigen Monument, und im Vordergrund ganz klein Angelina, die in die Kamera winkte und lachte. So winzig die Hinweise waren, man konnte ihnen doch entnehmen, daß sich Angelina mit ihren Eltern eine gewisse Zeit in Deutschland aufgehalten haben mußte (seltsam war nur, daß keines dieser Photos ihre Mutter zeigte), daß ihr Vater offensichtlich

Arzt gewesen war und möglicherweise mit dem berühmten Lungenspezialisten Ferdinand Sauerbruch in der Reichshauptstadt zusammengearbeitet hatte. Außerdem sah es so aus, als seien seine politischen Leidenschaften eher am rechten Rand angesiedelt gewesen, denn es gab noch weitere Aufnahmen, die nationalsozialistische Versammlungen zeigten, und auf einer war sogar Hitler in einer Menge begeisterter Menschen zu sehen. Vor ihm, mit dem Rücken zur Kamera, ein schwarzhaariges Mädchen, das zu ihm aufschaute und leicht Angelina hätte sein können. Dann tauchten im dritten Karton unter alten italienischen Filmalmanachen sechs abgegriffene, in schwarzes Leder gebundene Bücher auf, die von einer rosa Schleife zusammengehalten waren: Angelinas Tagebücher, die sie von 1929 bis 1934 geführt hatte. Weitere fanden sich nicht. Die Eintragungen waren in italienischer Sprache abgefaßt und die Schrift schwer leserlich. Ich bat Pierre, mir die Bücher eine Weile auszuleihen. Ich wollte versuchen, etwas Klarheit in diese Lebensgeschichte zu bringen, die anfing, mich zu interessieren, und hier scheinbar vollkommen und abgeschlossen vor mir lag.

Natürlich bedauerte ich jetzt, daß ich es verpaßt hatte, Angelina persönlich kennenzulernen. Alles, was ich über sie wußte, stammte aus Gesprächen mit Menschen, die mit ihr verkehrt hatten, und aus dem Universum dreier hinterlassener Pappkartons, die eine immer stärkere Anziehungskraft ausübten. Nachts träumte ich von ihren grünen Augen, die mich anfunkelten wie Smaragde. Sie stand am Fenster eines Leuchtturms, und hinter ihr versank die blutrote Sonne in einer endlosen, spiegelglatten Wasserfläche. Sie streckte die Arme nach mir aus, und als ich dicht vor ihr stand und die Sonne in ihrem Rücken nur noch ein schmaler, gleißender Streifen war, zog sie mich an sich, legte ihren Kopf zurück und öffnete den Mund. Ich wollte sie küssen, doch plötzlich riß sie das Gesicht zur Seite, als durchzucke ihren Körper ein wilder Schmerz, Musik setzte ein, und sie begann zu singen. Diese Träume kehrten Nacht für Nacht wieder in immer neuen Variationen, und jedesmal, wenn ich mich am Ziel glaubte, entzog sie sich, wie um zu verhindern, daß ich auch nur irgend etwas in die Welt diesseits des Schlafes mitnähme. Ich tat, was ich nur konnte, und rettete sie aus den Händen niederträchtiger Banditen, die sie im Leuchtturm gefangenhielten oder suchte sie dem dämonischen Einfluß eines venezianischen Grafen zu entziehen, der sich in ihren Besitz setzen wollte, um sie zu zerstören. Dabei kam es zu einem dramatischen Ringkampf in einem Motorboot, in dessen Verlauf ich ins Wasser stürzte und zweifelsohne ertrunken wäre, hätte der Wecker neben meinem Bett nicht im selben Augenblick mit seinem morgendlichen Radau begonnen.

Ich machte mich daran, ihre Tagebücher zu sichten, und als ich nach einer Woche unerwartet mühevoller Arbeit endlich im Jahre 1934 angekommen war, wußte ich, daß ich nicht der einzige war, den Angelinas Reize beschäftigt hatten. Mit meinen Vermutungen aber hatte ich ziemlich richtig gelegen. Angelinas Vater war, aus Turin stammend, als angehender Arzt nach Bologna gekommen und hatte in der dortigen Universitätsklinik die ersten Lungenoperationen Italiens durchgeführt, deren Wirkung auf die Patienten von eher zweifelhafter Natur war. 1910 heiratete er die Tochter eines Textilfabrikanten aus Bruneck in Südtirol, die eine außerordentliche Schönheit gewesen sein muß. Von ihr hatte Angelina die grünen Augen. 1912 wurde sie als einziges Kind der beiden geboren. Acht Jahre später ertrank ihre Mutter Agnes im Lago Bracciano in der Nähe Roms, als sie bei einer nächtlichen Bootspartie ins Wasser fiel und von den für diesen See berüchtigten Strudeln ergriffen und in seine ungeheuren Tiefen gezogen worden war. Angelina warf ihre ganze Liebe auf den Vater, der mit seiner Tochter nach Venedig übersiedelte, wo er mit Protektion des Grafen Giuseppe Volpi di Misurata Chefarzt des dortigen Krankenhauses wurde. Der spitzbärtige Volpi, den er als junger Militärarzt in der italienischen Kolonie Tripolitanien kennengelernt hatte, war ein Windhund erster Güte, Condottiere, Finanzjongleur und Unternehmer, früher Gönner des venetischen Fascio und, nachdem sich 1922 die politische Lage verläßlich geklärt hatte, Parteimitglied und drei Jahre später bereits Finanzminister des faschistischen Italien. Anfang 1929 ging Angelina mit ihrem Vater nach Berlin, wo sie fast zwei Jahre blieben. Er führte Studien an einem der damals führenden Krankenhäuser, der Berliner Charité, durch und war zeitweilig Mitarbeiter des bahnbrechenden Chirurgen Ferdinand Sauerbruch.

Angelina wurde zunächst von einer italienischen Gouvernante, einer gewissen Baronessa di Rondò, privat unterrichtet, ein zugeknöpftes, älteres Fräulein, der sie so lange zusetzte, bis diese schließlich entnervt aufgab und um ihre Entlassung bat.

Angelina besuchte in Folge ein deutsches Gymnasium in Charlottenburg und erlernte die Sprache des Landes, das nach etlichen wirren Jahren wirtschaftlich und politisch wieder Fuß gefaßt hatte. Aus dieser Zeit stammen ihre ersten Aufzeichnungen. Sie verraten die Energie und den Witz eines vitalen jungen Menschen. Berlin scheint ihr sehr gefallen zu haben. Sie begleitet ihren Vater zu Gesellschaften der italienischen Botschaft, wo sie sich eher langweilt, in Konzerte, Opern, ins Theater und zu privaten Festen, bei denen ausgelassen gefeiert und zur modischen Jazzmusik getanzt wird.

Ich habe nicht alles einwandfrei entziffern können, hin und wieder fehlten Seiten oder waren herausgerissen, das Wesentliche aber habe ich verstanden und so gut es ging ins Deutsche übertragen.

Am 28. Mai 1930 ist sie mit ihrem Vater bei einem Privatball des Kronprinzen Wilhelm in Cecilienhof eingeladen:

»Heute kamen wir erst um drei nach Hause. So lang war ich noch nie aus! Jetzt sitze ich noch da und will Dir, mein liebes Tagebuch, ein kleines Geheimnis anvertrauen. Also, der Abend ging los wie immer. Salvatore, der Fahrer des Botschafters, holte uns in der Uhlandstraße ab. Zum Glück saß Signor dei Brughi diesmal nicht mit im Auto, er ist ein Langweiler und redet immer über Politik. Cecilienhof war wunderschön beleuchtet, als wir eintrafen. Es war schon fast dunkel, und überall brannten Fackeln im Park, und die Frau des Kronprinzen, nach der das Schloß benannt ist, hat uns sehr nett begrüßt. Es waren auch zwei ihrer Söhne da, die etwas älter sind als ich, aber ziemlich farblos. Ich bin mit Papa an einer großen, freischwebenden Holztreppe vorbei durch die unteren Säle des Schlosses gelaufen, die alle irgendwie englisch aussahen und

großartig hergerichtet waren. Überall standen elegant gekleidete Leute herum und tranken Wein und Champagner, aber (…) Papa, der viele von ihnen kannte. Ich
dachte schon, jetzt muß ich wieder Hände schütteln und
von Venedig erzählen, das wird wieder so ein Abend! (…)
Musik aus einem der hinteren Säle. Es waren zehn Musi-
ker im Smoking, die auf einem Podest saßen und einen
Foxtrott spielten, den ich schon einmal im Adlon Hotel
von Béla Dajos gehört habe. Irgendein amerikanisches
Lied mit einem so komischen Namen, daß es sich kein
Mensch merken kann.[1] Die Leute fingen sofort an zu tanzen, und dann spielten sie »Gigolo«, den neuen Schlager
von unserem Leonello Casucci. Ich war vollkommen begeistert, und als sie eine Pause machten, habe ich den Gei-
ger angesprochen, der einen Orden am Aufschlag seines
Fracks trug, sehr höflich war und Oscar Joost hieß. Er
stellte mir gleich seinen Bruder Albert vor, der Saxophon
spielte und kolossal gut aussah. Ich habe den ganzen
Abend mit (…), die alle unglaublich nett zu mir waren.
Oscar brachte mir Champagner, und als um ein Uhr
Schluß war, haben mich die beiden untergehakt, und wir
sind noch hinaus in den Park gegangen. Wir haben viel
gelacht, und ich habe ihnen von Italien und Venedig erzählt. Albert wollte wissen, ob es denn wahr sei, daß die
Menschen bei uns alle in die oberen Stockwerke zögen,
um ihre Boote auch in Zukunft problemlos besteigen zu
können. Ich sagte, daß es das Hochwasser schon immer

---

1 Wahrscheinlich meint sie »Who-oo? You-oo! That's Who-oo!« Es gibt
eine Aufnahme des Tanzorchesters Dajos Béla, nicht Béla Dajos, vom
Juni 1928.

gegeben hätte und daß es schon von Canaletto gemalt worden wäre. Oscar meinte, daß Deutschland auch versinke und fragte mich, ob ich nicht Lust hätte, mit ihm am nächsten Wochenende zu einer Wahlkampfveranstaltung zu gehen, ich müßte unbedingt Hitler erleben, er wäre der einzige, der wieder frischen Wind in dieses Land bringen könnte, so wie es auch Mussolini bei uns getan hätte, und danach würden wir noch ins »Casanova« in der Lutherstraße gehen, da müßten sie zum Tanz aufspielen. Ich will versuchen, Papa morgen zu fragen. Und jetzt gute Nacht, Du liebes Tagebuch. P. S. Hoffentlich ist Albert mit dabei!«

Ihr Vater scheint es ihr sofort erlaubt zu haben, doch zu ihrem Leidwesen schloß er sich der Gruppe an, er wollte Hitler sehen, von dem ihm Volpi berichtet hatte. Nach dem Börsenkrach vom September 1929 und der daraufhin einsetzenden Weltwirtschaftskrise war seine Partei, um die es zeitweilig schlecht gestanden hatte, wieder auf dem Weg nach oben, und sein Stern leuchtete wie nie zuvor. Ihr war die Versammlung unheimlich, sie erwähnt nur, daß Hitler unglaublich geschrien und die Massen enthemmt zurückgebrüllt hätten und es am Rande zu Schlägereien gekommen sei. Ansonsten hatte sie nur Augen für Albert, der sie später im »Casanova«, als die Joost-Kapelle Pause machte und beide für kurze Zeit allein an einem Nischentisch saßen, geküßt hat. Angelina war selig. Auch Oscar machte ihr den Hof, und Albert zwinkerte ihr heimlich zu. Drei Wochen später, am 18. Juni, kam es auf Vermittlung des italienischen Botschafters, übrigens eines Patienten von Angelinas Vater, zu einem Abendessen im Restaurant des Hotels »Kaiserhof«, bei dem auch Hitler zugegen war.

»… Herr Hitler kam etwas später, als die Suppe schon wieder abgetragen war, und entschuldigte sich, er hätte leider im Augenblick furchtbar viel zu tun. Er begrüßte alle am Tisch, war sehr höflich und ganz anders (…) schrecklichen Veranstaltung. Dei Brughi, der ausgerechnet wieder neben mir sitzen mußte, stand auf und stellte mich vor. Hitler gab mir einen Handkuß und sagte, das sei aber eine ganz besondere Ehre für ihn, neben einer so hübschen jungen Frau sitzen zu dürfen. Dann setzte er sich auf dei Brughis Platz, der sich nichts zu sagen traute und rot anlief. Es wurde furchtbar viel geredet, meistens über Politik. Papa erzählte von seinem Freund, dem aufgeplusterten Volpi, der Venedig in ein Museum verwandeln will, und vom Professor, der nach jeder gelungenen Operation in die Trompete bläst, daß die Wände wackeln. Dei Brughi bestellte Grüße von Mussolini und sagte, daß man doch unbedingt ein Treffen arrangieren müßte. Und dann wurden diese schrecklichen Rouladen aufgetragen.[2] Rotkohl, Kartoffeln, braune Soße, Fleisch, alles auf einem Teller! Herr Hitler drehte sich zu mir um und bot mir seinen überbackenen Blumenkohl an. Er sagte, er könne gut verstehen, daß ich eine solche »Matsche«[3] nicht essen wolle, er hätte eigentlich gar keinen Hunger und ich solle doch zugreifen, sein Essen sei bestimmt gesünder. Dann fragte er mich, was man denn so in Venedig bevorzuge,

---

2 »Involtini tedesci«, die sie an anderer Stelle auch »scifolini« nennt.
3 Hier benutzt Angelina das deutsche Wort.

und als ich sagte, Meeresheuschrecken und Tintenfisch in Tinte, verzog er sein Gesicht und lachte. Überhaupt war er sehr nett und lustig, und wenn er nicht diesen scheußlichen grauen Anzug angehabt hätte und sein komisches Bärtchen, dann hätte er vielleicht sogar gut ausgesehen. Papa schenkte mir Rotwein nach, und bei der nächsten Gelegenheit zupfte ich Herrn Hitler am Ärmel und fragte, was denn so toll an der Politik sei, und warum er sich nicht lieber einen schicken Anzug zulegen wolle, seine Rotzbremse abrasiere und Jazzmusiker würde, da würden die Leute doch auch in Extase geraten und sich nicht prügeln, sondern in dunklen Ecken küssen. Er sah mich groß an und sagte lange nichts. Dann sagte er, daß mein Deutsch erstaunlich gut sei ...«[4]

Hitler war beeindruckt von der jungen Venezianerin. Sie entsprach zwar nicht unbedingt seinem Frauenideal, aber ihre Frische und Respektlosigkeit müssen ihm gefallen haben. Er lud sie und ihren Vater zu einer Veranstaltung im Sportpalast ein, bei der sie auf der Ehrentribüne neben Rudolf Heß und dem angetrunkenen Robert Ley saßen. Während der Rede, die oft von stürmischem Beifall unterbrochen wurde, hatte Angelina das Gefühl, daß der Vortragende sie immer wieder mit vielsagenden Blicken fixierte. Stolz und mit hocherhobenem Kopf saß sie neben ihrem Vater, der ihre Hand drückte. Dem offiziellen Teil der Veranstaltung folgte ein privater im kleinen Kreis. Im Hinterzimmer eines Hotels saß man noch bis Mitternacht zusammen, wobei Angelina neben dem sichtlich er-

4 Die nächste Seite fehlt. Sie wurde leider herausgerissen.

schöpften Hitler zu sitzen kam. Sie bedankte sich für die mitreißende Rede, sie hätte zwar nicht so viel verstanden, aber das würde sie auch bei einer Oper von Verdi nicht, und trotzdem liebe sie seine Musik. Hitlers Augen leuchten, und er bittet sie, ihn in Zukunft doch »Lupo« zu nennen; seine besten Freunde würden ihn mit »Wolf« anreden, was dasselbe bedeute. Dann schreibt Angelina von einem Brief, den er ihr zukommen ließ. Sie ist bewegt und beginnt Bewunderung für den Mann zu empfinden, der für ein neues Deutschland kämpft und es Mussolini gleichtun will. Und der sich um sie bemüht! Von Albert Joost ist nur noch selten die Rede. Neue Briefe treffen ein, über die sie in ihrem Tagebuch keine näheren Ausführungen macht. Aber irgend etwas ändert sich am Ton ihrer Aufzeichnungen, die Freiheit scheint verflogen, es ist, als stünde sie unter einem seltsamen Druck.

Weihnachten 1930 kehren Vater und Tochter nach Venedig zurück. Sie macht ihr Abitur und reist wenig später mit einer Schwester der verstorbenen Mutter nach Ägypten und Abessinien. Ihre Aufzeichnungen sind jetzt wieder so leicht und amüsant wie früher. Angelina will Schauspielerin werden, doch der Vater, ansonsten überaus nachgiebig, besteht auf dem Studium der Medizin. Sie lenkt ein und immatrikuliert sich an der Universität von Florenz, nimmt aber heimlich Schauspielunterricht bei Gianpaolo Chiaramonti, Protagonist und Frauenschwarm am Theater »La Pergola«. Daß Hitler am 30. 1. 1933 Reichskanzler im fernen Deutschland wird, ist ihr immerhin eine Eintragung wert. Und tatsächlich treffen immer noch Postkarten und zu ihrem einundzwanzigsten Geburtstag sogar ein Päckchen mit einer goldenen Armbanduhr ein. Absender ist Adolf Hitler, Reichskanzlei, Berlin. Er hat sie nicht vergessen, sie jedoch interessiert sich für Chiaramonti, der einen umstrittenen »Macbeth« im »La Pergola« gibt. Chiaramonti, der auch selbst die Inszenierung besorgte, spielt den schottischen Feldherrn in zeitgenössischem Dekor, mordet in modernem Trenchcoat, breitkrempigem Hut und tötet Duncan mit einer Pistole. Dafür wird er von der fassungslosen Kritik wütend verrissen, und Angelina hat alle Hände voll zu tun, ihren Lehrer und Liebhaber wieder aufzurichten. Sie bewundert ihn für seinen Mut, denn Chiaramontis »Macbeth« ist eine der ersten modernen Shakespeare-Aufführungen Italiens. Anfang Juni 1934 ist sie wieder in Venedig, um ihren Vater vom bevorstehenden Abbruch ihres Medizinstudiums zu informieren. Es kommt zu einem Krach, aber lange kann der Vater seinen Groll nicht aufrechterhalten; die Maske des aufgebrachten Vormunds bröckelt, als sie ihm im Salon ihres Hauses am Zattere[5] das ergreifende Lamento der Ermengarda aus Manzonis »Adelchi« vorspielt. Am selben Abend gehen sie ins Restaurant des »Danieli«-Hotels essen und besuchen anschließend das fashionable Etablissement von Giuseppe Cipriani, das nicht weit vom Markusplatz am Eingang des Canal Grande neu eröffnet hat und sich »Harry's Bar« nennt. Dort stößt Graf Volpi zu ihnen, der sich gerade in Venedig aufhält, um den Staatsbesuch des deutschen Reichskanzlers vorzubereiten.

»Der Ziegenbart trank einen Champagner nach dem anderen, tat furchtbar wichtig und erzählte Papa ganz auf-

---

5 Dort befindet sich heute das schweizerische Konsulat.

geregt, daß Hitler in einer Woche nach Venedig kommt, um Mussolini zu treffen, und in einem seiner Hotels am Canal Grande wohnt. Papa, der Fuchs, spielte überrascht, denn er wußte es ja schon von mir. Signor Lupo hatte vor ein paar Wochen geschrieben, daß er kommt und (…) Morgen geht es wieder nach Florenz. Ich kann es kaum erwarten, Gianni wiederzusehen, übermorgen spielt er und hat jetzt schon furchtbare Angst. Der Ärmste!«

Ein paar Tage später faßt sie angesichts des unglücklichen Chiaramonti, der sichtlich darunter leidet, daß die Zuschauer seinem Abend nicht das gebührende Interesse entgegenbringen, einen kühnen Entschluß. Sie schreibt einen Brief an Hitler, in dem sie ihn bittet, sie am zweiten Abend seines Aufenthaltes nach Mitternacht am Reiterstandbild des Söldnerführers Colleoni neben der Dogengruftkirche Santi Giovanni e Paolo zu treffen. Sie hat die Idee, Hitler zu einem außerplanmäßigen Abstecher ins schöne Florenz zu veranlassen, um sich dort gemeinsam »Macbeth« anzusehen. Sie erhofft sich davon einen Effekt für die Aufführung, ein aufflammendes Interesse an Chiaramontis Arbeit, die ja nicht so schlecht sein kann, wenn sie sogar das deutsche Staatsoberhaupt mit seiner Anwesenheit würdigt. Am 13. Juni reist sie nach Venedig und läßt den Brief Volpi übergeben mit der dringenden Bitte, ihn an Hitler weiterzuleiten.

Am nächsten Morgen ist die ganze Stadt auf den Beinen, die Piazza San Marco voller Menschen, Scharen von Schwarzhemden, Avantgardisten und faschistischen Mädchen in schwarzen Röcken und weißen Blusen, die unentwegt »Evviva Hitler!« schreien. Den 15. Juni verbringt Angelina nervös zu Hause und telefoniert mehrmals mit ihrem Liebhaber, der nicht so recht an den Erfolg der Aktion glauben will. Eine Stunde vor Mitternacht läuft sie über die Accademia-Brücke durch das Sestiere San Marco nach Castello und stellt sich mit klopfendem Herzen unter den Schweif des riesigen Colleoni-Pferdes, dort, wo sich seit Jahrhunderten die Verliebten Venedigs ihr Stelldichein geben.

»Kaum stand ich vor Papas Krankenhaus bei Colleonis Denkmal, zog sich auch schon der Himmel zu. Die Wolken kamen wie schwarze Wellen und verschluckten die Sterne und den Mond. Und was das plötzlich für ein Sturm war! Es begann zu donnern, und ich dachte, wenn es jetzt auch noch anfängt zu regnen, bleibt Lupo hübsch trocken im Hotel, und Gianni hat schon wieder recht gehabt. Es war schon nach eins, und (...) aufgeben, als ich durch die Salizada S. S. Giovanni e Paolo eine dunkle Gestalt laufen sah, die den Hut mit beiden Händen festhielt und genauso aussah wie Gianni, wenn er über die schottische Heide läuft und die Hexen trifft. Aber mit ihm hatte ich ja vor drei Stunden noch telefoniert! Der Mensch kommt also auf mich zu, und plötzlich hab ich das Gesicht mit dem Chaplinbart dicht vor mir. Er nimmt meinen Kopf in beide Hände, rollt wild mit den Augen wie Gianni, wenn er nach dem unsichtbaren Dolch greift, und ich denke schon, o Gott, jetzt sagt er bestimmt gleich, daß er lauter Skorpione im Kopf hat und schon so tief im Blut herumläuft, daß es egal ist, ob er weitergeht oder wieder umdreht, da blitzt es auf einmal und knallt ganz furchtbar, sein Hut fliegt in die Luft und wirbelt über den Campo davon. Ich glaube, er merkte das gar nicht. Das Haar hängt ihm so albern ins Gesicht, daß ich fast lachen muß. Da packt er mich an den Schultern und sagt mit tiefer Stimme: »Mein gutes, liebes Kind, endlich sehe ich dich wieder! Du ahnst ja nicht, wie glücklich du mich machst!« Noch bevor ich mich wegdrehen kann, küßt er mich mitten auf den Mund. Und dann geht ein ungeheurer Platzregen los. Er legt seinen Arm um mich, und wir rennen zum Eingang des Ospedale, um uns unterzustellen.«

Angesichts der Seltsamkeit dieses Treffens und ihrer generellen Überreizung ist es nicht weiter verwunderlich, daß Angelinas Phantasie mit ihr hier etwas durchzugehen scheint. Tatsache aber ist, sie haben sich getroffen[6], wenn auch die meteorologischen Umstände möglicherweise nicht ganz so dramatisch waren. Als sie über den Campo S. Maria Formosa laufen, scheint es jedenfalls nicht mehr zu regnen, und Hitler beklagt sich über das schlechte Essen im Grand Hotel und Mussolinis Ignoranz und phantastische Eitelkeit. Er macht seinem Ärger über die Biennale-Ausstellung im deutschen Pavillon Luft, die neben einigen sehr schönen Exponaten leider auch expressionistischen Unrat zeige. Außerdem ginge es in Deutschland drunter und drüber, ein gewisser Rohn[7] probe den Auf-

---

6 Das beweist ein Brief, den ich in ihrer Korrespondenz entdeckt habe. Er steckte zwischen zwei Bankauszügen in einem neutralen Kuvert und ist zweifelsfrei von Hitlers Hand, der ihr hier Lebewohl sagt mit der Begründung, daß er all seine Kräfte für den weiteren Aufbau Deutschlands bündeln müsse, aber gewiß nie den netten (!) Abend mit ihr in Venedig vergessen werde.

7 Das gibt sie falsch wieder; Hitler meinte gewiß den SA-Führer Röhm, den er kurz darauf mit vorgehaltener Pistole in einem oberbayerischen Hotel höchstpersönlich verhaftet und wenig später ermorden läßt.

stand und müsse in die Schranken gewiesen werden, er dürfe ihr das alles eigentlich gar nicht sagen, aber er sei nun einmal so glücklich, sie zu sehen, daß er gar nicht anders könne.

Am Campo Manin funkeln die Sterne wieder am Himmel, er hat sich beruhigt und umarmt und küßt sie immer wieder. Sie versucht sich seiner zu erwehren und fragt vorsichtig, was er denn von Shakespeare halte. Ein großer Mann, sagt er, auch diese Zeit würde nach einem solchen Dichter verlangen, der ihre nicht weniger dramatischen Vorgänge in eine reine, ansprechende Form gieße. Aber eigentlich sei ihm Musik lieber, und wenn schon Theater, dann doch eher eine leichte Komödie.

Sie hatten den Campo S. Angelo erreicht. Der Mond warf sein weißes Licht in das Rund des Platzes, die alten Häuser standen stumm, und ihre Türen waren dunkle, verschlossene Münder. In einem der oberen Stockwerke leuchteten noch zwei Fenster; wie Augen stierten sie hinunter in den Hof und sahen ein Menschenpaar, das eng umschlungen an der Mauer eines hohen, freistehenden Gebäudes lehnte.

»Sein Gesicht (...) kaum zu sehen. Er (...) an die Mauer gelehnt, neben einer großen Holztür. Ich will gerade anfangen von Florenz und Gianni und Macbeth, als ich merke, daß mit ihm etwas nicht stimmt. Er spricht so leise, daß ich ihn kaum verstehe, sagt mir also, daß er unendlich glücklich sei, daß er hier gar nicht mehr weg wolle, er wäre wie verzaubert, es sei der schönste Augenblick seines Lebens und so weiter, alles andere hätte er bis oben hin, er wolle nicht mehr, nur ich und er (...) Ich wollte nur noch weg. Ich mache eine Bewegung, aber er hält mich fest, und weil er sich etwas vorbeugt und auf einmal im Mondlicht steht, sehe ich, daß ihm Tränen über das Gesicht laufen! Es ist schrecklich, wenn einer weint und man gleichzeitig das Gefühl hat, man möchte loslachen oder wegrennen, vor allem, wenn es ein erwachsener Mensch ist und so berühmt. Ich versuche also, ihn zu beruhigen, und rede irgendwas, was man so redet, wenn einem nichts einfällt und man am liebsten in Australien wäre. Dann geb ich ihm einen Kuß auf die Nase, adieu Than von Cawdor!, reiß mich mit aller Kraft los und ab in die Nacht. Unter diesem blödsinnigen Sternengefunkel bin ich gerannt so schnell ich nur konnte …«

Sicher hat sich Hitler wie alle Menschen, die das erste Mal in Venedig sind, auf dem Rückweg verlaufen, aber schließlich muß er dann doch das Hotel gefunden haben, denn keine zwei Wochen später schafft er sich zu Hause die aus dem Ruder laufende SA mit einem Paukenschlag vom Hals und läßt fast zweihundert mißliebige, zum Teil völlig unschuldige Personen ermorden. Im Ausland ist das Erschrecken über das Gemetzel und seine Gangstermethoden groß. Die italienische Presse spielt die Vorgänge herunter, und so geht Angelina auch mit keinem Wort darauf ein. »Macbeth« wird vom Spielplan genommen, und kurze Zeit später erwischt sie den umtriebigen Chiaramonti in seiner Garderobe beim Austausch von heftigen Zärtlichkeiten mit einer unbegabten, aber hübschen jungen Schauspielerin. Er behauptet, eine Szene des neuesten Pirandello-Stücks zu proben, sie hingegen verbittet sich derartige Privatvorstellungen und beendet die Affäre. Am 18. Juli 1934 brechen dann auch ihre Aufzeichnungen endgültig ab; das letzte Buch hat sie nur noch zur Hälfte gefüllt.

Die Konsulin schloß das Fenster, und die dezenten Geräusche des Raumes waren wieder da, die tickende Wanduhr, das Rascheln von Papier im Nebenzimmer und das leise Summen eines Kühlschranks auf dem Flur. Sie setzte sich hinter ihren amtlichen Schreibtisch, nahm meine Dokumente an sich und erklärte, daß mir der neue Reisepaß innerhalb weniger Wochen von der deutschen Botschaft in Mailand zugeschickt würde. Ich verabschiedete mich und lief die schmale Treppe hinunter, die zum Ausgang führte. Als ich die schwere Haustür öffnete, prallte ich gegen eine Wand aus Licht und Sommerhitze. Jemand neben mir räusperte sich, ich drehte mich um und sah in das Marmorgesicht mit dem Schnauzbart. Unter der schmalen Abdeckung, die zum Schutze des Klingelschildes an seinem oberen Ende angebracht war, hatte sich in dem schräg einfallenden Sonnenlicht ein Schatten gebildet, der die in die Stirn hängende Coiffure Adolf Hitlers verblüffend genau nachbildete. Als ich ging, folgten mir die Messingaugen, bis ich um die Ecke der kleinen Kapelle von S. Michaelis Archangeli verschwand. Aber es war ja nicht der richtige Hitler, der mir da hinterherblickte, nur ein kleiner Teil dessen, was er in jener Nacht gewesen war, etwas, das sich im Laufe der Zeit langsam aus der Mauer wieder herausgearbeitet hatte.

Epilog

Auf dem Weg nach Hause, fragte ich mich, ob ich überhaupt das Recht hätte, Angelinas Tagebücher und Hitlers Abschiedsbrief der wissenschaftlichen Forschung weiterhin vorzuenthalten. Ich hatte des öfteren daran gedacht, die Deutsche Verlags-Anstalt in Stuttgart anzuschreiben, dort war die glänzende Hitler-Biographie Ian Kershaws erschienen, und vielleicht würde sich ja sogar ein Kontakt mit dem englischen Historiker ergeben. Aber dann war in mir immer wieder der hinderliche, nicht von der Hand zu weisende Verdacht aufgekeimt, man würde mich entweder für einen raffinierten Fälscher oder eine ziemlich verwirrte Person ansehen.

Als ich mein Arbeitszimmer betrat, bemerkte ich sofort, daß Ivana, meine moldawische Putzfrau eine wahre Putzorgie veranstaltet hatte. Wie immer befand sich kein Gegenstand mehr an seinem ursprünglichen Ort. Und weil sie den Plastiksack, in dem sich Angelinas Hinterlassenschaften befanden, für einen Müllbeutel hielt, hatte sie ihn kurzerhand weggeworfen.

Die Wolke

———— ❧ ————

Im Sommer vor fünf Jahren erschütterten starke Unwetter die Nächte Venedigs. Sie kamen am frühen Abend aus den Bergen Südtirols und entluden sich in phantastischen elektrischen Explosionen. Das tausendfach verzweigte Geäder ihrer Blitze zerriß die schwarzen Himmel, und für Sekunden schien die Stadt in Brand zu stehen.

Ich hastete über die Accademia-Brücke, legte einen Schritt zu in geduckter Erwartung eines dieser herannahenden Spektakel und hatte es gerade noch geschafft, das Vaporetto am Zattere zu erwischen, als die ersten Regentropfen vom Himmel fielen und ein heftiger Wind einsetzte. Der Giudecca-Kanal, den das leuchtende Schiff jetzt durchpflügte, befand sich bereits in heller Aufregung, und vom Boot aus konnte man sehen, wie die grünen Wellen an den Steinquadern der Uferbefestigung leckten, auf die Promenade schwappten und langsam in die Gassen hineinliefen.

Ich war auf dem Heimweg von Dottoressa M., einer Tierärztin, die ich in der Calle P. unweit des Campo S. Luca aufgesucht hatte, ohne viel Hoffnung allerdings, sie dort anzutreffen, denn es war Samstag und schon reichlich spät. Tatsächlich aber war die Dottoressa in ihrer Praxis noch zugegen gewesen, sie hatte Büroarbeiten zu erledigen, und so versuchte ich ihr schonend beizubringen, daß mein fünfzehn Jahre alter Hund Benny im Sterben lag, über die Maßen litt und bat sie, so schnell wie irgend möglich, auf jeden Fall aber an diesem Tage noch, zu mir nach Hause zu kommen. Die Dottoressa, unförmig dick und von sehr verhaltenem Charme, reagierte ziemlich unwirsch, die Angelegenheit ließe sich ja wohl noch um zwei Tage verschieben, sie hätte für heute genug und wolle nach Hause. »Signora, ich kann Sie gut verstehen, die Sache ist nur, dem Tod sind unsere Päßlichkeiten egal, wenn er Lust hat, dann kommt er am Wochenende, was soll ich machen, ich finde niemand anderen, und das arme Tier droht zu ersticken!« – »Sie wollen also, daß ich Ihren Hund heute noch einschläfere?« – »Ich will es nicht, aber ich fürchte, es muß sein, Signora, ich bitte Sie!« So ging es eine Weile hin und her, bis sie schließlich einsah, daß sie mir nicht würde entkommen können, und ärgerlich schnaubte: »Gehen Sie schon in Gottes Namen, ich komme, sobald ich hier fertig bin, und halten Sie das Geld bereit!«

Als das Boot in die Fermata rumpelte, sprang ich mit einem Satz an Land, rannte unter einem alle seine Schleusen öffnenden, schwarzen Himmel die Fondamenta hinunter, verfolgt von herumwirbelnden Regenschirmen und Plastiktüten, erreichte endlich meine Haustür und zog sie heftig hinter mir zu. Plötzlich war es still. Ich stand im Stiegenhaus, in dem eine dumpfe, stickige Atmosphäre herrschte, stand in fast völliger Dunkelheit, und das Regenwasser rann mir aus den Haaren über Stirn, Augen und Nase in den Mund und schmeckte – salzig. Ich weinte und hatte es gar nicht bemerkt. Zwei Stockwerke über mir lag mein bester Freund und wollte sterben. Sein Herz war alt, und die Lunge hatte sich mit Wasser gefüllt. Er konnte sich aus eigener Kraft nicht mehr erheben, lag da mit rasselndem Atem und fand keine Position, die ihm die Schmerzen erträglicher gemacht hätte.

Seit ich ihn von einem Bauern in einer oberschwäbischen Kleinstadt erworben hatte, viel zu jung und darum in der ersten Zeit ängstlich und anfällig, war er fünfzehn lange Jahre mein ständiger Begleiter gewesen. Er hatte gesehen und erlebt, was ich gesehen und erlebt hatte, zu allem dezent geschwiegen, war von Jahr zu Jahr reifer und souveräner geworden, bis er schließlich eine Persönlichkeit besaß, die sich wiederholt anschickte, ins Menschenfach überzuwechseln, doch stets in letzter Sekunde von einer höheren Macht zurückgepfiffen wurde. Als mich meine Familie in den frühen neunziger Jahren aus Gründen verließ, die wohl mehrheitlich ich zu verantworten hatte, aber darüber hinaus streng geheim sind, war er geblieben und verbrachte Tage und Nächte mit mir, in denen er auf mich einredete, knurrte, schnaufte, kaute, gurgelte, und wenn ich traurig im Bett lag, saß er mit seinen spitzen, hoch aufgerichteten Ohren reglos davor und blickte mich besorgt an; eine schwarze Silhouette im dunklen Zimmer, die aussah wie der Umriß des Kölner Doms. Er benutzte gern und allein öffentliche Verkehrsmittel, trat in Theatervorstellungen auf, in die er nicht hineingehörte, und störte Konzertveranstaltungen, denn er ertrug es nicht, daß ich Klavier spielte und niemand dazu heulte. Er war wölfisch und bildschön, und als ich sein dickes Fell abrasierte, um ihm in der venezianischen Sommerhitze etwas Erleichterung zu verschaffen, fielen den Camerieri von »Harry's Dolci« vor Lachen die Teller aus der Hand, denn mit seinem geschorenen weißen Körper und pechschwarzen Kopf sah er wirklich wie ein italienischer Kellner aus.

Bei »Harry's Dolci«, einem preiswerteren Ableger von »Harry's Bar«, begann eine Wiese, die bis ans Ende der Insel reichte, wo sich die Mulino Stucky erhob, ein protziges neugotisches Industriemonument aus rotem Backstein, das der hannoversche Architekt Ernst Wullekopf 1895 für den Schweizer Unternehmer Giovanni Stucky als größte Nudelfabrik Italiens errichtet hatte. Stucky, rücksichtslos im Umgang mit ihm untergebenen Menschen, war fünfzehn Jahre später von einem seiner Arbeiter erschossen, die Fabrik, die eintausendfünfhundert Venezianer in Lohn und Brot hielt, 1955 für immer geschlossen worden. Dorthin also trug ich Benny in den letzten Tagen, und mit zitternden Flanken und sichtlich aufgebracht über diesen ihm neuen, unangenehmen Körperzustand, verrichtete er sein Geschäft. Sein physischer Abbau hatte vor einiger Zeit eingesetzt, an die anfangs noch erträglichen Behinderungen hatte er sich gewöhnt, aber in den letzten Wochen war es rapide abwärts gegangen, und ich konnte nicht glauben, daß es noch derselbe war, der mir kaum ein Jahr zuvor den Weg nach Hollywood gewiesen hatte. Ein Telefax von einem Münchner Besetzungsbüro war eingetroffen, in dem ich gebeten wurde, vier beigefügte Szenen in eine Videokamera zu sprechen und an die 20th Century Fox nach Los Angeles zu Händen des Filmregisseurs S. zu schicken, der einen klangvollen Namen habe, zum zweiten Male den Science-fiction Roman »Solaris« von Stanislaw Lem verfilmen wolle und für diese Produktion einen europäischen Schauspieler suche. Im Falle eines Engagements müsse ich allerdings schon in den nächsten drei Wochen abreisen und dem Unternehmen zwei Monate lang Tag und Nacht zur Verfügung stehen. Da dies völlig unmöglich war, weil ich laufende Verträge zu erfüllen hatte, mich aber andererseits S. einiger von ihm gedrehter Filme wegen stark interessierte, beschloß ich, ein solches Videoband herzustellen, es jedoch so zu gestalten, daß S. zwar hinschauen, aber von einer Besetzung Abstand nehmen würde. Ich lieh mir eine Kamera und setzte mich mit K. in eine kleine Trattoria neben der Zitelle-Kirche. Wir tranken zwei Flaschen Rotwein, überlegten uns eine filmische Auflösung, und um zwei Uhr nachts begannen die Dreharbeiten zum vielleicht ersten Science-fiction-Film, der je in Venedig gedreht wurde.

Das Herzstück bestand in einer langen Einstellung auf Benny, der in der Mitte des nächtlichen Wohnzimmers vor dem gähnenden Maul eines Marmorkamins saß, auf dessen Ablage ein menschlicher Totenschädel zwischen zwei brennenden Kandelabern grinste. K. hielt die Kamera, ich stand dahinter und forderte den Hund auf, so schnell wie möglich zur Raumstation Solaris zu fliegen, hier würden seltsame Dinge geschehen, die genauer zu erklären ich im Augenblick nicht die Möglichkeit hätte, nur soviel, die Sache sei sehr dringend, der Fortbestand dieses irdischen Außenpostens akut gefährdet und Hilfe dringend vonnöten. Benny verfolgte jeden Satz mit höchster Aufmerksamkeit, überlegte, was wohl zu tun sei, knurrte, schüttelte den Kopf, faßte schließlich einen Entschluß und verließ den Raum.

Als alle Szenen im Kasten waren – die letzte hatte ich einfachheitshalber zu einem Tango verarbeitet und am Pianoforte gesungen –, steckte ich die kleine Videokassette in einen Umschlag und sandte ihn am nächsten Morgen per Eilpost los.

Eine Woche später traf ein Telefax aus Los Angeles ein, in dem mir mitgeteilt wurde, daß sich Herr S. sehr amüsiert habe, meinen Hund für außerordentlich begabt hielte und mich unbedingt für seinen Film verpflichten wolle.

Drei Wochen später saß ich im Flugzeug nach USA und ... es krachte, als hätte ein Blitz ins Dach eingeschlagen. Ich rannte die Treppe hinauf und öffnete die Wohnungstür. K. stand mitten im dunklen Wohnzimmer, und das Fenster hinter ihr, das zum Kanal hinausging, war wie der flackernde Bildschirm eines Fernsehapparats, der seinen Geist aufzugeben droht. »Er nimmt nichts mehr zu sich«, sagte sie leise und hob die Schultern, »er liegt nur da und stöhnt vor sich hin.«

Draußen war das Gewitter in vollem Gange, und hier drinnen ging eine Welt unter. Jetzt war er also da, der Tag. Natürlich hatte ich gewußt, daß er einmal kommen würde, das sagte mir mein Verstand, aber mein Herz hatte die wildesten Überlegungen angestellt, bis ich irgendwann davon überzeugt war, daß dieser Tag, wenn überhaupt, in einem ganz anderen, höheren Zusammenhang einträfe, unwirklich und schmerzfrei; je länger er auf sich warten ließ, desto mehr würde er sich in eine andere Sphäre hineinbewegen, in eine Art parallele Welt, in der er zwar als Möglichkeit existierte, aber niemals konkret werden konnte.

Ich ging ins Schlafzimmer, dem einzig klimatisierten Raum der Wohnung, und legte mich neben meinen Hund. Seine Nase war heiß, der Atem ging flach und schnell, er wimmerte, und wenn ich ihm zu nahe kam, knurrte er leise. Ich redete mit ihm, und allmählich entspannte er sich und wurde ruhiger. Das Unwetter war nur von kurzer Dauer gewesen, jetzt flaute es merklich ab und zog weiter. Die Klimaanlage surrte dezent, aus der Ferne war hin und wieder noch leiser Donner zu hören, auf dem nahen Kanal tuckerte ein Schiff, ein Möwenschrei stieg in die Luft; es wurde seltsam still und friedlich, und selbst hier im abgedunkelten Zimmer konnte man spüren, wie sich die Wolken draußen verflüchtigten und den letzten Strahlen einer untergehenden Sonne Platz machten.

Da klingelte es, schroff und anhaltend. K. öffnete, und durch den Türspalt hörten wir die Dottoressa, die sich keuchend die Treppenstufen emporkämpfte, als wäre es Benny selbst, und mit ihr kam der Tod das Stiegenhaus hinauf.

Als sie schließlich in der Wohnung stand und ihren schwarzen Koffer neben dem Kamin abgestellt hatte, war sie so außer Atem, daß sie einige Zeit kein Wort herausbrachte, dann: »Sie haben es sich also ganz genau überlegt? – Gut. Das Tier müssen Sie selbst entsorgen, am Wochenende kann ich nichts arrangieren, ist Ihnen das klar? Was haben Sie also vor?« Ich stammelte etwas von einer Fahrt nach Deutschland, die ich morgen antreten wolle, ich würde den Hund mitnehmen und dort beerdigen lassen, im Garten meiner Eltern, das sei möglich … Hilfesuchend sah ich K. an. Sie hatte gar nicht zugehört und deutete mit dem Kopf auf etwas hinter mir. Als ich mich umdrehte, sah ich Benny, der am ganzen Leibe zitternd neben dem Koffer der Dottoressa stand und vorsichtig daran schnüffelte. Fast eine Woche war er nicht mehr aufgestanden, und jetzt befand er sich in der Mitte des Raumes, hob langsam seinen Kopf und sah mich an. Es war ein unergründlicher Blick, von dem ich nicht wußte, ob er mich anklagte oder freisprach: Was tust du? Wie kannst du dir anmaßen, über mein Leben zu entscheiden, mit welchem Recht löschst du mich aus? Sieh mich an, hier bin ich, ich lebe und will noch nicht sterben! Oder: Hilf mir, ich kann nicht mehr! Ich weiß, es bricht dir das Herz, aber es ist gut so, nur achte darauf, daß es schnell geht und nicht weh tut!

Die Dottoressa schwieg, starrte ungläubig den Hund an, dann beugte sie sich schnaufend über ihren Koffer und öffnete ihn. Ich holte eine Bettdecke aus dem Schlafzimmer, legte sie auf den Terrazzoboden, nahm Benny behutsam in den Arm, und so hielt ich ihn, bis er sanft vom Leben in den Tod glitt. Kaum hatte er die Grenze überschritten, flog er davon, und es schien mir, als würde er in eine Dimension katapultiert, die weit jenseits von Raum und Zeit lag. Vielleicht war er ja auf dem Weg nach Solaris, wo seine Seele sich wieder materialisieren und ich auf ihn warten würde.

In dieser Nacht brannten überall Kerzen in der Wohnung, und alte Weine gingen ebenfalls den Weg alles Vergänglichen. Bennys Leichnam lag im feierlich geschmückten Pappkarton eines Transportunternehmens, mit dem wir drei Jahre zuvor nach Venedig gezogen waren. In großen Lettern stand der Name des Firmeninhabers darauf, eines Mannes, der vor Zeiten eine Schauspielkollegin geheiratet hatte, die noch frisch und jung mit mir an den Städtischen Bühnen in H. engagiert gewesen war. Sie hatte sich etwas umständlich in meinen Freund und Kollegen D. verliebt, mit dem sie nach Ende ihres Engagements in eine westfälische Großstadt übersiedelte und am dortigen Theater die weibliche Hauptrolle in einem vielgespielten

Stück übernahm, zu einer Zeit, als ihrer beider Beziehung an einem Tiefpunkt angelangt war. Die letzte Vorstellung des Stückes war so dramatisch verlaufen, daß die Zeitungen im ganzen Lande später darüber berichteten. Im Publikum hatte sie nämlich D.s verflossene Freundin gesichtet und zu Recht oder zu Unrecht vermutet, daß diese sich anschickte, ihren alten Platz an seiner Seite wieder einzunehmen. Da außer schwäbischem auch das Blut eines uralten Wandervolkes durch ihre Adern floß, war es schnell hochgekocht und so heiß geworden, daß sie gleich nach der Vorstellung, in der sie D. ausgiebig und vom Autor so vorgeschrieben gequält hatte, nach Hause fuhr, um wenig später, ausgerüstet mit einem Küchenmesser, auf der Abschlußfeier wieder zu erscheinen. Mit einer Geste wie aus einer antiken Tragödie, umarmte sie ihren abtrünnigen Geliebten von hinten und stieß ihm das Messer ins Herz. D. erzählte mir später, er hätte rein gar nichts gemerkt, sich nur über den großen Rotweinfleck gewundert, der plötzlich auf seinem Hemd gewesen sei, dann war er in Ohnmacht gesunken und von einem geschickten Ärzteteam in einer Notoperation gerettet worden. Sie wurde in Untersuchungshaft genommen, und noch während sie im Gefängnis einsaß, von jenem Umzugsunternehmer geehelicht, in dessen Pappkiste jetzt Benny lag.

Der Dottoressa, die mit einem Totengeld von einhunderttausend Lire in neuer europäischer Währung abgezogen war, hatte ich nicht erzählt, daß ich mich am nächsten Vormittag – es war ein Sonntag – mit R. verabredet hatte, einem hoch aufgeschossenen, glatzköpfigen Giudeccino mit so makellosem Gebiß, daß ich ihm anfangs ständig auf den Mund sah, wenn er mit mir sprach. Er besaß ganz in der Nähe eine kleine Werkstatt, wo er alte Türen, Grammophone und verrottete Möbel lagerte, die er irgendwann wiederherzustellen gedachte. Gleich dahinter befand sich ein großer Garten, überwuchert von exotischen Pflanzen, Büschen, Palmen und Schlinggewächsen aller Art, ein verwunschenes tropisches Paradies, das, fernab und einer anderen Welt angehörend, vor sich hin träumte.

R. hatte sofort eingewilligt, als ich ihn fragte, ob ich meinen Hund – sollte es soweit sein – in seinem Garten beerdigen dürfte; es lägen schon vier Hunde und etliche Katzen dort, streng voneinander getrennt, und wenigstens die Hunde würden sich über einen Neuzugang freuen.

Also waren wir am Sonntag gegen zehn Uhr mit der Umzugskiste und einer Schaufel losgezogen und wurden gleich hinter dem Ponte Piccolo an der kleinen Bar angehalten, über deren Eingang Hammer und Sichel der Kommunistischen Partei prangten. Drei Männer, typische Giudeccini, die auf der Fondamenta müßig und gelangweilt herumstanden, filterlose Zigaretten rauchten und statt Kaffee Rotwein tranken, fanden unsere Ausstattung bemerkenswert, wo nicht gar verdächtig, und fragten, was denn wohl Interessantes in der Kiste sei, an der wir so schwer zu tragen hätten. Die drei hatten schon etliche Aperitivi intus und waren auf Klassenkampf aus. Ich stotterte etwas von Büchern, die ich jemandem zurückbringen müsse. Wozu dann die Schaufel, wollten sie wissen, das sei doch seltsam, wolle ich die Bücher vielleicht vergraben, die Literatur würden sie doch gern mal sehen … Überraschend kam mir mein Freund U. zu Hilfe, der aus dem Inneren des Lokals, in dessen Tabak- und Alkoholdunst schemenhaft die Gesichter von Marx, Engels, Guevara und Lenin schwebten, ans Tageslicht trat und, nachdem er sich blinzelnd orientiert hatte, seinen Genossen zurief, sie seien Idioten und sollten mich in Ruhe lassen, ich wäre doch verdammt noch mal derjenige, der ihnen eine Wodkaflasche der Marke »Stalingrad« aus Rumänien mitgebracht hätte, und die besäße einen Ehrenplatz, bitteschön, sie brauchten ja nur hinzugucken, auf dem Regal über der Spüle. Da wurden die drei ganz kleinlaut, entschuldigten sich, klopften mir anerkennend auf die Schulter, und als ich ihnen im Weggehen zurief, der Inhalt der Kiste sei ein toter Hund, lachten sie, bekreuzigten sich und wünschten uns einen schönen Tag.

R. hatte ein Feuer in seinem Garten entzündet und einen Holztisch mit Getränken und etwas Essen eingedeckt. Er zeigte mir die Stelle, die er für Benny ausgesucht hatte, sie war seiner würdig und lag im Schatten eines Feigen- und Aprikosenbaums. Ich griff nach der Schaufel und arbeitete mich eine Stunde lang wie besessen ins Erdreich hinein; erst als das Lagunenwasser anfing, in die Grube zu sickern, hielt ich inne und wischte mir den Schweiß von der Stirn. Wir ließen den kleinen Pappsarg hinunter, ich öffnete ihn ein letztes Mal; friedlich lag er da, mein alter Hund, in eine Bettdecke gehüllt, und ich legte ihm einen Abschiedsbrief hinein, etwas Hundefutter, K. eine kleine Schüttelmadonna und einen goldenen Ring. Punkt zwölf war die Grube mit Erde aufgefüllt und ein vollendetes Grab geworden. Die Glocken der großen und kleinen Kirchen um uns herum begannen zu schlagen: Santa Eufemia, Santa Maria del Rosario, Redentore, San Giorgio Maggiore, die Salute-Kirche, San Marco, sie alle läuteten ihm zu Ehren, und man meinte, jede von der

anderen unterscheiden zu können. R. warf eine Handvoll Weihrauch ins Feuer, und weißer Qualm, dessen eigenartiger Geruch mich immer gleichermaßen angezogen wie abgestoßen hat, zog durch Büsche und Sträucher, schwebte, sich wieder verflüchtigend, die Bäume hinauf, und auf einmal war der Garten eine Kirche unter der strahlenden Kuppel eines azurblauen Augusthimmels.

Am Abend saßen wir in unserer Küche, jeder für sich in Gedanken versunken, und kriegten keinen Bissen hinunter. Wenn ich aufsah, saß der Hund neben dem Flügel im Wohnzimmer oder stand in der Tür, senkte ich den Blick auf den Teller, lagen dort Dinge von seltsamer Form und Konsistenz, die mir absurd und ungenießbar schienen. K. saß mir gegenüber und blickte durchs Küchenfenster, das größer und höher als alle anderen Fenster der Wohnung war, nach Westen hinausging und bei klarem Wetter ein atemberaubendes Panorama bot, mit der blau-grün schimmernden Lagune im Vordergrund, den bizarren Industrieanlagen von Marghera, den Hügeln und Bergen des Veneto, die sanft den Alpen zustrebten, deren schneebedeckte Gipfel den Horizont abschlossen und so deutlich zu sehen waren, als lägen sie keine fünfzig Kilometer hinter der Stadt.

Plötzlich ging in K.s Gesicht eine Veränderung vor, sie zog die Brauen zusammen, und ihr Blick schien sich auf einen Punkt hoch oben am Himmel zu konzentrieren. Dann sagte sie leise: »Benny«.

Ich verstand nicht, und sie wiederholte: »Benny! Da oben, schnell, sieh dir das an!« Ich drehte mich etwas erschrocken zum Fenster: Über Mestre war ein Gewitter aufgezogen, das jetzt langsam auf Venedig zutrieb. Dunkle Wolken quollen am Himmel empor, schoben und wälzten sich ineinander, schufen ständig neue bizarre Formen, schossen auseinander, fanden sich wieder und stiegen wie schwarzer Rauch in immer größere Höhen, als loderte hinter dem Horizont ein riesiges Feuer, das sie speiste und unerbittlich weitertrieb.

Dann, auf einmal, sah ich, was K. gemeint hatte und mit offenem Mund anstarrte. Am Rande dieses düsteren Luftgebirges nämlich verharrte eine große, langgezogene Wolke von etwas hellerer Farbe, die exakt den Kopf meines Hundes nachbildete; es war unglaublich, aber dort oben schwebte Benny als magische Silhouette aus Wasserdampf und sah in unsere Küche hinein. Er neigte den Kopf langsam zur Seite, um besser sehen zu können, was wir aßen, dann knickte das rechte Ohr ein, zwei helle Augen wurden sichtbar, es schien, als öffnete er sein Maul, und ein Donner war zu hören, tief, dunkel und volltönend. »Er will sich verabschieden«, sagte K.

»Ja«, erwiderte ich, »genau das hat er eben getan. Er hat uns ›Auf Wiedersehen‹ gesagt.« Da löste sich das rechte Ohr vom Kopf, dann das linke, das Maul verfloß, die Augen verschwanden, Stück für Stück verlor er seine Form und zerfaserte, bis er sich vollkommen aufgelöst hatte und wieder zu einem Teil des unendlich großen Himmels geworden war.

DAS CAFÉ ZUR SCHÖNEN AUSSICHT

———— ✥ ————

Sie war weder schön, noch ging sie besonders weit. Streng genommen endete die Aussicht bereits nach zwanzig Metern an einer unansehnlichen grauen Hauswand auf der anderen Straßenseite, die zur »Pensione Roma« gehörte, einem von zwei noch verbliebenen Gästehäusern des Dorfes M., das durch sonderbare Verstrickungen und widrige Umstände die Stätte meiner letzten Ruhe geworden war.

Unmittelbar hinter der Pension, die liebevoll geführt wurde und den Komfort einer längst vergangenen Epoche besaß, war in den letzten Jahren des Zweiten Weltkriegs ein kurioses Bauwerk entstanden, ein tunnelförmiger Bunker, den Arbeiter der Organisation Todt mehrere hundert Meter tief in den Berg getrieben hatten. Offiziell zum Schutz der Dorfbewohner und seiner Besatzer vor alliierten Luftangriffen gedacht, erfüllte der Bau des Tunnels in Wahrheit den Zweck, die männliche Bevölkerung des Ortes in ständiger Beschäftigung zu halten und derart zu erschöpfen, daß nicht einmal ein Gedanke daran aufkommen konnte, sich den Partisanen anzuschließen, die in den Wäldern und Bergen ringsum operierten. Durch M. verlief in jenen Jahren die sogenannte »Linea Gotica«, eine letzte großangelegte Verteidigungslinie deutscher Streitkräfte, die sich quer durch die nördliche Toskana zog, die Front nach Süden hin stabilisieren sollte, bis auch sie nicht mehr zu halten war und der ganze Spuk auf Nimmerwiedersehen hinter den Alpen verschwand. Als das Reich im Norden an allen Ecken und Enden brennend in sich zusammenstürzte, eröffneten die drei Schwestern Mimma, Ersilia und Apollonia in der Hauptstraße des befreiten M. ein kleines Lokal, das sie aus Gründen, die wir nicht kennen, »Café Bella Vista« nannten. Alle drei waren sie um die Zeit herum geboren, als die »Titanic« in den Fluten des Nordatlantik versank, hatten ihr Dorf nie verlassen (bis auf Ersilia, die einmal zu einem Arzt nach Florenz gefahren war), sich geweigert zu heiraten und hockten ständig beisammen, obwohl sie einander, wie allgemein berichtet wurde, nicht gerade in Liebe zugetan waren. Mimma, die älteste, war klein und drall, hatte schwarze ondulierte Haare, die sie himmelwärts kämmte, trug knallbunte, viel zu enge Kleider, eine dicke Hornbrille und lackierte ihre Fingernägel. Zwischen ihren vollen, geschminkten Lippen klebte eine vernachlässigte Zigarette, die sie nur herausnahm, wenn sie aß, einen Schluck Wein zu sich nahm oder einen betrunkenen Lastwagenfahrer auf ihr Zimmer schleppte. Mittags und abends stand sie draußen auf der Straße, waren Gäste in Sicht, warf sie sich in Pose und ließ mit rauher Stimme einen Spruch los, den alle im Dorf kannten und jedes Kind nachäffte: »Kommt her, kommt her, hier kriegt ihr alles und noch mehr!« Bei männlichen Klienten, die sie gut kannte, setzte sie noch hinzu: »Los, ihr Scheißkerle, rein mit euch!« Ersilia, die mittlere, war lang und dünn, nervös und schon in jungen Jahren ergraut. Sie stand hinter der Theke, schenkte aus, rechnete ab und trug Sorge dafür, daß der Bestand an Getränken und Lebensmitteln gesichert war. Trotz ihrer schmalen Lippen, lachte sie viel und erschreckend laut. Sie war unstet in ihren Launen, und es konnte passieren, daß sie unvermittelt einen Gast beschimpfte, so grob und ausdauernd, bis dieser fluchend das Lokal verließ. Zu Frauen war sie freundlich, auf eine ihr nicht ganz klare Weise mochte sie sie. Einmal hatte sich eine blonde holländische Touristin nach M. verirrt und war tatsächlich in ihre Bar gekommen. Es war ein heißer Sommernachmittag, und außer ihnen beiden und dem ausgestopften Marder an der Wand war niemand im Raum. Ersilia starrte sie an, mit klopfendem Herzen und einer Ohnmacht nahe. Ob sie einen Kaffee und ein Glas Wasser haben könne, fragte die Frau. Sie hatte einen sonderbaren Akzent und war groß und außerordentlich schön. Da Ersilia sich nicht rührte und auch keine Anstalten machte, etwas zu sagen, war sie schließlich wieder gegangen, und so stand Ersilia noch lange bewegungslos da und konnte keinen klaren Gedanken fassen. Das Bild dieser Frau aber trug sie bis ans Lebensende in ihrem Herzen.

Wie zum Beweis, daß das Erbgut ihrer Familie von erstaunlicher Vielschichtigkeit war, schlug Apollonia wieder in eine ganz andere Richtung. Nur wenig größer als Mimma, war sie in ihrer gesamten Erscheinung seltsam grau und unauffällig, ging immer ein wenig gebückt, sah niemandem in die Augen, und wenn sie sprach, waren es leise Worte, die man kaum verstand. Sie war fromm und betete, aber in die Kirche ging sie nicht, denn sie haßte den Pfarrer, den sie für abgrundtief verlogen und geldgierig hielt. Ihre Mutter war eine wunderbare Köchin gewesen, dieses schönste aller Talente hatte sich auf sie übertragen, und so stand Apollonia jeden Tag stundenlang in der kleinen, fensterlosen Küche und kochte für ihre Schwestern und die Gäste, die gekommen waren, um die schöne Aussicht zu genießen.

Die fünfziger Jahre hatten dem Land einen wirtschaftlichen Aufschwung beschert, und da allerorts neue Verkehrswege entstanden und alte, durch Kriegseinwirkungen beschädigte oder zerstörte wiederhergestellt wurden, gab es auch in den entlegeneren Gegenden auf einmal Arbeit, und viele, die dem harten, archaischen Landleben entkommen wollten, schufteten nun beim Bau von Straßen, Eisen- und Autobahnen, trieben Tunnel durch die felsigen Berge des Apennin und ruinierten dabei ihre Gesundheit. Auch M. war von diesem Boom nicht unberührt geblieben, Lastwagen, die Baumaterial ins Mugello und in die Emilia transportierten, fuhren hindurch und immer wieder Arbeiter auf ihren Fahrrädern. Es war Mimmas, Ersilias und Apollonias große Zeit, und sie dauerte zwei Jahrzehnte. Mittags war das Café voll hungriger Gäste, meist Arbeiter aus der Umgebung, und Apollonia hatte mehr als genug in ihrer Küche zu tun. Wenn sie am Abend zu Bett ging und sicher war, daß sie schlief, verwandelte sich das Café in ein Tanzlokal, und laute Schlagermusik ertönte aus einer funkelnagelneuen Musikbox. Ersilia schenkte Wein und Schnaps aus, gegen Mitternacht verriegelte Mimma die Eingangstür, dämpfte die Musik und dunkelte die Beleuchtung ab. Jetzt war sie ganz in ihrem Element, es ging hoch her, und Dinge geschahen, über die im Dorf die haarsträubendsten Geschichten umliefen. So kam es, daß über das »Café Bella Vista« bald nur noch hinter vorgehaltener Hand geredet wurde und sein Ruf nichts weniger als babylonisch war. In den siebziger Jahren verwelkte die wunderliche Blüte der Wirtschaft, und es wurde wieder ruhig in M. Das »Bella Vista« gab seine Küche auf, nachdem Apollonia sich beim Pilzesuchen vertan hatte und eine Gruppe von fünf Jägern im Krankenhaus der Kreisstadt C. gelandet war, Ersilia schimpfte jetzt mehr, als daß sie lachte, Mimma sah man sogar hin und wieder in der Kirche, und das Dorf fiel in seinen zweiten Dornröschenschlaf.

Als wir kurz nach der Jahrtausendwende zum ersten Mal unseren Fuß nach M. hineinsetzten, war Mimma schon zehn Jahre tot, und die zwei verbliebenen Schwestern, beide über neunzig, betrieben das Café allein.

Ich war mit meinem Freund, dem englischen Maler G., aus Venedig gekommen, und wir hatten uns vorgenommen, mit Gitarre und Akkordeon durch alle Gasthäuser des Dorfes zu ziehen und überall aufzuspielen. Am Ende waren wir bester Laune im »Bella Vista« gelandet, in dem sich ein betrunkener Pensionist an der Theke festhielt und eine alte, würdevolle Dame mit dem Gesicht von Samuel Beckett an einem der Tische saß, dessen Resopalplatte von einer verdreckten Blümchendecke verhüllt war. »Sei brutto, sei brutto! Wie häßlich du bist!« schrie Ersilia, die mechanisch auf der Thekenablage herumwischte, und sie meinte eindeutig mich. »Keine Angst, sie mag dich, das ist das größte Kompliment, das sie vergibt«, beruhigte mich G. und bestellte zwei Vin Santo. Ich gab ihr ein paar dieser neuen europäischen Münzen, und sie starrte sie an, seltsame Metallscheiben, die keinen Sinn ergaben, dann mich, schüttelte angewidert den Kopf und rief nach ihrer Schwester. Apollonia, die mich keines Blickes würdigte, drehte das Geld in ihren Händen hin und her, die beiden tuschelten miteinander, dann sagte Ersilia, ich solle mir das

Wechselgeld gefälligst selbst aus der Kasse nehmen, sie könnten mit diesem Zeug nichts anfangen. Als wir »Non ti fidar d'un bacio a mezzanotte«[1] spielten, sahen uns die Schwestern fassungslos an; womöglich glaubten sie, wir wären Wesen, die aus der betagten Musikbox gestiegen waren, um sie zu belästigen und anschließend Geld zu verlangen. Auch besaß diese Zeit keine Musik mehr, das war alles so lang vorbei wie Mimmas Vergnügungen oder mitternächtliche Küsse im Park hinter dem Friedhof. Die alte Dame am Tisch hatte den innigen Gesichtsausdruck eines Menschen, der einem klassischen Konzert lauscht, und der betrunkene Herr, der sich Walter nannte und Maurer gewesen war, stimmte grölend mit ein, griff immer wieder in die Tasten meines Instruments, hielt sich schließlich daran fest und drohte unser Ständchen nachhaltig zu demolieren. Das Café hatte sich etwa zur Hälfte gefüllt, man setzte Walter in die Ecke neben den staubigen Gummibaum, und so fuhren wir fort mit dem textlich leicht abgewandelten Schlager »Come sei bella, Apollonia!«. Die flüchtete sofort kreischend in die Küche, und Ersilia verschanzte sich hinter ihrer Theke wie sechzig Jahre zuvor die Deutschen hinter der Gotenlinie. Wir spielten alles, was wir konnten, ein paar Gäste tanzten, Ersilia hielt ihre Stellung, beobachtete mißtrauisch die Szenerie und hatte ein Déjà-vu nach dem anderen. Es war spät am Nachmittag, und die Sommerhitze kroch in den dunklen Raum, der irgendwann in den sechziger Jahren und nicht zu seinem Vorteil renoviert worden war. Ich entschloß mich, Ersilia um ein kaltes Bier zu bitten, ihre Augen wurden

---

1 Trau keinem Kuß um Mitternacht

schmal wie die einer Schlange, sie sah mich scharf an, dann zischte sie leise und eindringlich, ich sei zwar furchtbar häßlich, aber im Keller gäbe es noch Bier, und wenn wir nicht mehr weiterspielten, dann ginge sie sogar hinunter, um eins zu holen. Eine Viertelstunde später war sie zurück und hieb eine Bierflasche auf die Theke, ohne Etikett, von altertümlicher Form und, obschon fest verschlossen, halb leer. Sie öffnete die Flasche und schenkte G. und mir eine rötliche, von unzähligen schwarzen Partikeln durchsetzte Flüssigkeit ins Glas, die stechend nach Ammoniak roch. Wir dankten höflich, nahmen mit, was vielleicht irgendwann einmal ein Bier gewesen war, und gingen hinüber zum Gummibaum.

In diesem Sommer waren wir noch oft dort, und die beiden Schwestern gewöhnten sich allmählich an uns; es war selbstverständlich, daß wir Wein ausschenkten, Gläser spülten oder in die Kasse griffen, um beim Wechseln des Geldes zu helfen.

Im darauffolgenden Frühjahr starb Ersilia. Sie hatte während eines heftigen Gewitters die Straße überqueren wollen, und weil es wie aus Kübeln goß, Schutz unter dem dichten Blätterdach einer Kastanie gesucht. Kaum aber stand sie darunter, war ein Blitz hineingeschlagen, der Baum förmlich explodiert und Ersilias Leichnam später unter verbrannten Ästen und zerborstenem Holz entdeckt und hervorgezogen worden. Jetzt gab es nur noch Apollonia, die das Café jeden Vormittag öffnete und am Abend wieder zusperrte. Sie saß in der dunkelsten Ecke unter dem ausgestopften Marder, ließ ihren Kopf hängen und sprach fast gar nichts mehr.

Irgend jemand hatte eine junge Frau aus Rußland engagiert, die des Italienischen nicht mächtig war, schweigend am Eingang hockte und auf sie aufpaßte.

Als ich mich im Frühjahr kurz in M. aufhielt, um nach dem alten Bauernhof zu sehen, die Hinterlassenschaften der Siebenschläfer zu begutachten, die sich in Massen im Haus angesiedelt hatten, und auch nach der geeigneten Stelle für einen kleinen Weinberg zu suchen, schaute ich kurz ins »Bella Vista«. Wie war ich erstaunt, als ich es voller Gäste fand! Fast jeder Tisch war besetzt, man spielte Karten, unterhielt sich angeregt, rauchte, und Apollonia saß still in der Ecke und wunderte sich, daß niemand etwas zu Trinken bestellte. Andererseits war es aber auch erfreulich, sie mußte nicht aufstehen, ausschenken oder gar abkassieren. Sie hätte es auch gar nicht gekonnt, denn sie ahnte nicht, was alle im Dorf längst wußten, daß das Café keine Lizenz mehr besaß und man allgemein übereingekommen war, so zu tun, als existiere es wie eh und je. So spielte das ganze Dorf für die letzte der drei Schwestern das schönste Theaterstück, das ich je gesehen habe. Es hieß »Das Café Zur Schönen Aussicht«.

Für ihre großartige Hilfe danke ich Sofia Taliani, Atalanta Bouboulis, Krista Maria Schädlich, Sabine Christine Permutti von Meer, Lucy Mae Bean Humphries, Ulrich Meyer, Kay Mertens, Georg Büchner, Markus Geigle, Apollonia Visi, Marcella Storai, Kirk Williams, Veli Bejiq, Astrid Flohr, Verena Schmidt, Ulrich Waller und vor allem meiner Frau Katharina, die mir wie ein Mann zur Seite stand.

Blandine Le Callet
Versprich mir,
dass wir glücklich werden

Roman. www.list-taschenbuch.de
ISBN 978-3-548-60817-4

Für Bérengère und Vincent läuten endlich die Hoch-
zeitsglocken. Priester Bernard hat allerdings ein Pro-
blem: Er mag die Brautleute nicht und ärgert sich über
das Benehmen der Gäste. Und Großmutter Madeleine
hat endgültig die Nase voll vom »diskreten Charme der
Bourgeoisie«. Schonungslos und mit gelassener Komik
offenbart Blandine Le Callet die Farce eines perfekt
inszenierten Familienfestes.

»Der Idealfall eines luftig-leichten Unterhaltungs-
romans, der wirklich ans Herz geht, statt das nur zu
behaupten.« *Bücher*

List Taschenbuch

Jean-Paul Dubois
Ein französisches Leben

Roman. www.list-taschenbuch.de
ISBN 978-3-548-60698-9

Von Charles de Gaulle bis Jacques Chirac. Von den
wilden 68ern bis zum Rückzug in die Bürgerlichkeit.
Vom ersten Sex bis zur Sprachlosigkeit in einer Ehe,
aus der die Leidenschaft längst verschwunden ist: Ein
Mann blickt zurück auf sein Leben, auf große gesell-
schaftliche Ideale und die Kleinheit des Privaten – die
Geschichte seiner Familie und die einer ganzen
Generation.

»Dubois bringt den Leser abwechselnd zum Lachen und
zum Weinen.« *Hamburger Morgenpost*

»Zart, schön und traurig wie das Leben« *Stern*

List Taschenbuch

L262

Carmen Laforet
Nada

Roman. www.list-taschenbuch.de
ISBN 978-3-548-60686-6

Als die Studentin Andrea in Barcelona eintrifft, ist sie
voller naiver Hoffnungen. Doch in der Großstadt eröffnet sich ihr ein Inferno menschlicher Abgründe ...
Carmen Laforets existentialistisches Debüt wurde 1945
über Nacht zur literarischen Sensation, ausgezeichnet
mit dem zum ersten Mal vergebenen Premio Nadal.
Jetzt begeistert der spanische Klassiker erneut Leser
auf der ganzen Welt.

»Es hat mich nicht mehr losgelassen, bis zur letzten
Seite.« *Elke Heidenreich*

»Dieses Buch ist eine veritable Entdeckung – eine
sensationell frische, sensationell zeitgemäße Prosa.«
Die Welt

»Ein bahnbrechender Roman« *FAZ*

»Carmen Laforet erzählt in einer Prosa, die zu brennen
und zugleich aus Eis zu bestehen scheint.«
Mario Vargas Llosa

List Taschenbuch

L265

Emma Braslavsky
Aus dem Sinn

Roman. www.list-taschenbuch.de
ISBN 978-3-548-60812-9

Im Jahre 1969 explodiert in Erfurt die Domuhr und der junge Mathematiker Eduard Meißerl verliert sein Gedächtnis. Beide Ereignisse sind zugleich Anfang und Ende dieser tragikomischen Geschichte über Eduard, seine Liebe Anna und den Freund Paul. Ein Roman über eine kleine Gemeinde vertriebener Sudetendeutscher, deren wunderliche Lebensspuren im Übergang zwischen Erinnerung und Zukunft deutscher Geschichte verlaufen.

»Ein leichtfüßiges Buch, voll hinreißender Frauengestalten, witziger Wendungen und schöner Schrullen.« *Brigitte*

List Taschenbuch

L328

Yoram Kaniuk
Adam Hundesohn

Roman. www.list-taschenbuch.de
ISBN 978-3-548-60625-5

Mitten in der israelischen Wüste baut eine reiche Amerikanerin eine ultramoderne Heilanstalt. König der
Irren ist der ehemalige Zirkusclown Adam Stein: einst
»Hund« von Lagerkommandant Klein, ist er heute Hell-
seher, Prophet und begnadeter Schwindler ... Kaniuk ist
mit diesem Roman etwas gelungen, was nur ganz große
Clowns vermögen: Er bringt die Menschen dazu, noch
unter Tränen zu lachen.

»Hinter dem unbändigen Gelächter, das Kaniuk einem
immer wieder abtrotzt, lauert stets das Bewusstsein des
Grauens.« *Süddeutsche Zeitung*

List Taschenbuch

L232